José Eduardo Agualusa

過去を売る男

ジョゼ・エドゥアルド・アグアルーザ

木下眞穂［訳］

白水社
ExLibris

Funded by the DGLAB/Culture and the Camões, IP – Portugal
本書はポルトガル政府の出版助成制度から助成を受けて出版された。

REPÚBLICA PORTUGUESA
CULTURA
DIREÇÃO-GERAL DO LIVRO, DOS ARQUIVOS E DAS BIBLIOTECAS

CAMÕES
INSTITUTO DA COOPERAÇÃO E DA LÍNGUA
PORTUGAL
MINISTÉRIO DOS NEGÓCIOS ESTRANGEIROS

生まれ変わるのなら、まったく違う何かを選ぶだろう。
ノルウェー人になりたい。ペルシャ人もいい。
ウルグアイ人になるのはお断りだ、それでは隣町に越すようなものだから。

ホルヘ・ルイス・ボルヘス

過去を売る男　目次

装 丁
緒方修一

装 画
Alex Červený

夜行性の小さな神

わたしはこの家で生まれ、育った。家から出たことはない。日が傾いてくると、透明な窓ガラスに張りついて、空を眺める。炎は高く燃え上がり、雲は駆けていき、そして雲の上では天使たちが、天使の軍団が、髪の毛から火の粉を振り落としながら炎の中で翼を広げるのを見るのが好きなのだ。繰り広げられる光景はいつも同じ。それでも、毎日午後になると、ここまで来てこの壮観な光景を初めて目にするかのように楽しんでは感じ入るのだ。先週、猛々しい青に浮かぶ一片の大きな雲がぐるぐる回る様子が、尻尾についた火を消そうとしている犬のように思えて笑っていると、早く帰宅したフェリックス・ヴェントゥーラがわたしを見て吃驚した。

「嘘だろ！　おまえ、笑うの？」

そんなふうに驚かれるとは心外だった。わたしは怖くなったが、ぴくりともしなかった。アルビノのフェリックスは、サングラスを外して上着の内ポケットにしまい、ゆっくりと気だるげに上着を脱いで、丁寧に椅子の背にかけた。それからレコードを一枚選び、古いプレイヤーに載せた。この「川へのララバイ」を歌っているのは、〈蟬のドーラ〉と呼ばれるブラジルの歌手で、七〇年代ごろにはそこそこ売れたのではなかろうか。そう思うのは、レコードのジャケットのせいだ。そこに描かれた漆黒の肌をしたビキニ姿の美女は、背中に大きな蝶の羽をつけている。「蟬のドーラ　川へのララバイ、絶賛発売中」。彼女の声は空気で燃え立つ。ここ数週間、夕暮れどきには決まってこの曲だ。もう歌詞も暗記してしまった。

何も過ぎゆくことなく　尽きることもない
　　過去とは
　　眠る川
そして　嘘が無数に形を変えて
　　作る記憶。
　川に眠るのは水
わたしの膝では日々が眠る

眠る
眠るのは　傷
そして悲嘆が
眠る。
何も過ぎゆくことなく　尽きることもない
過去とは
居眠りする川
死者のよう　浅い呼吸
目覚めさせれば　飛び起きるはず
叫び声をあげながら。

光とともにピアノの残響が消えていくのをフェリックスは待つ。それから肘掛け椅子を、ほとんど音もなく回転させて、窓に背を向ける。それからようやく座る。ため息を一つついて、両脚を伸ばす。

「まいったね《ポピラス》！　おまえ、笑うのか？　こいつはたまげたな」

彼は疲労困憊しているように見えた。近づいてきた顔を見ると、目が真っ赤だ。彼の呼気にわたしの全身が包まれる。温かく、酸っぱい匂いがした。

「おまえの皮膚、ひどいよな。ぼくたち、きっと同じ家系だな」

そうくるだろうと思った。もしも口がきけたら、痛烈に言い返してやるところだ。だが、この声帯では、笑うことしかできないのだ。だから、彼の顔に向かって大声で笑ってやりたかった、ぎょっとさせ、後ずさりさせるような音を出したいと思った、だが、わたしに出せるのは、へなへなした笑い声くらいなものだ。先週まで、フェリックス・ヴェントゥーラはわたしのことなど気に留めていなかった。あのとき、つまり、わたしが笑うのを耳にしたとき以来、彼の帰りが早くなった。帰宅すると台所に入り、パパイヤ・ジュースのグラスを手に戻ってきて、ソファに身を沈め、わたしと一緒に日没の祝祭を楽しむ。そしておしゃべりする。というか、話すのは彼で、わたしはもっぱら聞き役だ。たまにわたしが笑えば、それでじゅうぶんなのだ。わたしたちの間には、友情の糸が渡されたと思っている。土曜の夜には、毎週というわけではないが、女の子と手を繋いで帰ってくる。みんな痩せていて、背がすらりと高く、鷺《さぎ》のように細い脚をしている。おそるおそる家に入ってきて、椅子の端に腰掛けて彼を見ないようにしているが、彼のことを気味悪がっているのが、わたしにはわかる。彼女たちはジュースを飲む。ちびりちびりと飲むと、無言で服を脱ぎ、裸の胸の前で腕を組んで、あおむけに横たわり彼を待つ。あるいは、もっと大胆な娘であれば、家の中を一人で覗いて回る。輝く銀器や上品な家具を値踏みしているが、やがて慌てて部屋に戻ってくる。寝室や廊下にずらずらと並ぶ本に恐れをなしてだが、それよりも、紳士たちのまなざしにぎくりとするのだろう。山高帽を被り、片眼鏡を鼻に載せた紳士の厳しい目つき、ルアンダ[1]、そしてベンゲラ[2]の人間特有のおどけた目つき、正装でめかしこんだポルトガル海軍士官のうつろな目つき、十九世紀のコンゴの王子の妖しげな目つき、北米の著名な黒人作家の挑戦的な目つき、これらすべてが金の額縁に永遠に収められているのだ。それで、彼女たちは棚を見てレコードを探すことにする。

「クドゥーロ[3]はないの、お兄さん」

フェリックスの家にはクドゥーロもなければキゾンバ[4]もないし、大流行中のバンダ・マラヴィーリャもパウロ・フロレス[5]もないので、結局一番派手なジャケットを選べば、間違いなくキューバのリズムを刻む曲となる。二人は踊る。板張りの床の上で足を小刻みに動かしながら、互いの着ている服のボタンを一つずつ外していく。女の子の肌は完璧だ、黒く、しっとりと艶光りして

1　アンゴラの首都。
2　アンゴラ西部の都市。
3　アップテンポなアンゴラの音楽。
4　アンゴラの煽情的なダンス音楽。
5　いずれもアンゴラで流行したバンドと歌手。

いる、アルビノであるフェリックス・ヴェントゥーラの、乾いてかさかさした薄桃色の肌とは正反対だ。この家で、わたしは、いわば夜行性の小さな神だ。昼間、わたしは眠っている。

家

この家は生きている。呼吸する。家が呼吸するのが、一晩中聞こえるのだ。日干し煉瓦と木でできた広い壁は、いつでもひんやりと冷たい。照りつく太陽が鳥たちを黙らせ、木々を鞭打ち、アスファルトを溶かす昼日中ですらも。宿主の皮膚を這いまわるダニのように、わたしは壁を滑って移動する。壁を抱くと、鼓動を感じる。鼓動は、わたしのかもしれない。家のかもしれない。どちらでもいい。心地良い。安心する。エスペランサ婆さんは、ときどき、一番小さい孫を連れてくる。先祖代々、土地に伝わる縛り方で、背中に赤ん坊を布でくくりつけてくる。その格好で、ありとあらゆる家事をこなす。床を掃き、本の埃をはらい、料理し、洗濯をしてアイロンをかける。赤ん坊は婆さんの背中に頭をぴたりとつけて、その鼓動と体温を感じ、母親の胎内に戻ったと錯覚して、眠る。わたしと家の関係も、それに似ている。黄昏どきには、先ほど話したように、

「おっと、うちにはアナキストが一人いるようだな。そのうち、バクーニンを読んでいるところに出くわすかもしれない」

それだけ言うと、この話は忘れてしまったようだった。もちろん、婆さんはバクーニンを読んだことがない。それどころか、どんな本だって読んだことがない、ほとんど字が読めないのだから。それでも、わたしが人生全般について、そしてこの国で生きていくことについて知ったというか、現在この国が陶酔状態にあることを知りえたのは、婆さんの独り言のおかげだ。あるときは歌うようにそっとささやき、あるときは家を片付けながら、誰かを叱りつけるかのように一人で怒鳴ったりするのだ。エスペランサ婆さんは、自分は絶対に死なないと信じている。婆さんは一九九二年の虐殺の生き残りなのだ。あるとき、ウアンボ[6]で兵役についている末息子からの手紙を受け取りに、反政府主義組織の指導者の家に行ったところ、突然、四方八方から激しい銃撃戦の音が聞こえてきた。婆さんは自分の家のあるスラム街に帰ろうとしたが、止められた。

「婆さん、馬鹿言うんじゃない。こんなの、にわか雨だと思えばいい、すぐにやむさ」

やまなかった。戦闘は激しさを増す嵐のようだった。次第に銃声が家を囲み、近づいてきた。

その午後に何があったか、フェリックスが教えてくれた。

「大勢の荒くれ者の兵士たちがぐでんぐでんに酔っぱらい、重装備のままなだれ込んできた。奴らは婆さんがいた家に押し入ってきて、みんなを殴り倒した。婆さんは大将に名を訊ねられて、エスペランサ・ジョブ・サパラロです、大将、と答えた。すると大将はにやりとして意地悪く言った。よし、エスペランサ[7]、死ぬのはおまえが最後だ、とね。指導者とその家族は全員裏庭で縛り上げられ、銃殺された。いよいよエスペランサ婆さんの番、というときに弾が切れた。大将は怒鳴った。おまえの命が助かったのは兵站のおかげだ。俺たちの問題はいつでも兵站だ。それから婆さんを解放した。以来、婆さんは、自分は死を免れると信じている。そうかもしれない」

ありえないことじゃない、とわたしも思う。エスペランサ・ジョブ・サパラロの顔には細かいしわが広がり、髪の毛は真っ白だが、身体は頑丈、動作も機敏で正確だ。わたしに言わせれば、婆さんはこの家の柱だ。

6　アンゴラ中西部に位置するウアンボ州の州都で、アンゴラで三番目に大きな都市。
7　エスペランサとは、ポルトガル語で「希望」という意味の名前。

外国人

フェリックス・ヴェントゥーラは、夕食をとりながら丹念に新聞を読む。注意深くめくり、興味を引かれる記事を見つけたら、紫のペンで印をつける。食べ終えると、そこを丁寧に切りぬいてファイルに入れる。図書室の棚の一つにはこういうファイルが数十冊とある。もう一つの棚にはビデオテープが何百本と眠っている。フェリックスはニュースを録画するのが趣味で、重要な政治的事件や、いつか役に立ちそうなものはなんでも録っておく。ビデオはアルファベット順に並べられているが、タイトルは人物名や関連する出来事の名称でつけてある。夕食は、エスペランサ婆さん特製のカルド・ヴェルデ[8]と、ミントティー、レモンとポートワインをたらした厚切り

8 ケールに似たキャベツの千切りを浮かべたじゃがいものポタージュ。

のパパイヤ一切れだけ。寝室で、横になる前にパジャマに着替えるのだが、そのものものしい儀式を見ていると、次は黒いネクタイを締めるのだろうとつい思ってしまう。この夜、玄関のチャイムがけたたましく鳴り、フェリックスはスープを味わうのを途中で中断せざるをえなかった。彼は苛立った。新聞をたたむと、しぶしぶ立ち上がってドアを開けに行った。上背があって恰幅がよく、鷲鼻で頬骨の高い、そして、この百年ほどなかなかお目にかかったことがない、豊かな巻き毛の口髭の男がいた。小さな目はらんらんと光り、そのまなざしであらゆるものを捕えてしまいそうだ。青い背広は古臭い仕立てで、それゆえ、男には似合っていた。左手には書類鞄を持っている。部屋がいっそう暗さを増した。夜が、あるいは夜よりも暗い何かが、男と一緒に入ってきたかのようだった。男は名刺を取り出すと、大きな声で読み上げた。

「フェリックス・ヴェントゥーラ。お子さんたちにより良い過去を保証しませんか」そして笑った。悲しげながら、親しみのこもった笑いだった。「これ、きみのことだね？　友人にこの名刺をもらったのだが」

男の訛りを聞いても、どこの出身かわからなかった。口調は柔らかで、別々の地域の発音が混じり合い、かすかにスラヴ系を思わせる硬さの中で、ブラジル風のアクセントが、蜂蜜のようにとろりとした甘さを添えていた。フェリックス・ヴェントゥーラは後ずさった。

「どなたですか？」

外国人はドアを閉めた。両手を後ろで組んで居間を歩き回り、フレデリック・ダグラス[9]の肖像を描いた美しい油絵の前で足を止め、長々と見入っていた。ようやく椅子に上品に腰掛け、フェリックスにも座るよう促した。まるで自分のほうがこの家の主《あるじ》であるかのように。われわれの共通の友人がね、と話す声はますます柔らかく、その幾人かがこの住所を教えてくれたのだ、と彼は言った。その友人たちは、記憶を運ぶ男がいる、過去を売るのだ、秘密裡に、コカインの密売人みたいに売る、と話してくれたそうだ。フェリックスはいぶかしげに男を見つめた。この見知らぬ男の何もかもが癪に障った。当たりはいいが偉そうで、皮肉っぽい口ぶり、古風な口髭。フェリックスは豪奢な柳編みの椅子に腰掛けたが、男から最も離れた場所で、まるで相手の優雅さが伝染したら困るとでもいうかのようだった。

「あなたは何者なのか、お訊ねしてもいいですか?」

重ねての問いかけにも答えはなかった。外国人は煙草を吸ってもいいかと訊ねた。上着のポケットから銀のシガレットケースを取り出して開くと、煙草を一本巻いた。目はきょろきょろと落ち着きがなく、地面をつつき回る雛鶏を思わせた。煙を盛大に吐き出し、自分の顔を覆い隠した。そして、ふっと笑うと、思いもかけない輝きがその顔に広がった。

9 十九世紀の米国の元奴隷、奴隷制度廃止運動家（一八一八―九五）。

「ではお訊ねしよう、きみの顧客は何者なんだね？」

フェリックス・ヴェントゥーラは降参した。新興ブルジョワジーという階層のあらゆる人間に捜されているのだ。企業家だったり、大臣だったり、農園主だったり、ダイヤモンドの密輸業者だったり、将軍だったり、つまり、将来を約束された人々だ。こうした人たちに不足しているのは、良い過去、高名な先祖、そして証書だ。ようするに、高貴かつ文化的な名前のことで、フェリックスは、そうした人たちにぴかぴかの新品の過去を売っているのだ。家系図を作ったり、爺さんやひい爺さんの写真を用意してやるが、どれも高貴な家柄の騎士だったり、古い家柄の女性だったりした。企業家や大臣なんかは、こういうおばたちをほしがるんだ、とフェリックスは壁に並ぶ肖像画を指さした。布地をたっぷり使った衣装をまとった正真正銘のベサンガーナ[10]。マシャード・ジ・アシス[11]、クルス・イ・ソウザ[12]、アレクサンドル・デュマらの小説に出てきそうな立派な身なりをした祖父がほしいのだ。それでフェリックスは、彼らにそうした単純な夢を売ってやる。

「完璧、完璧だね」と外国人は髭を撫でた。「噂で聞いたとおりだ。きみに仕事を頼みたい。ただ、かなり手間をかけてもらうことになるだろうから、そこが心配だ」

「それで自由になるおつもりですね」フェリックスはぼそりと言った。相手の懐を少しつついてみるつもりだったのだろう、この厚かましい男の身元がわかるかと思ったのだろうが、空振りに終わった。外国人は、そのとおり、と頷くだけだったからだ。フェリックスは立ち上がり、台所に姿を消した。すぐに戻ってきたが、ポルトガル製の高級な赤ワインのボトルを両手で抱えていた。ボトルを男に見せ、グラスを渡した。そして訊ねた。

「名前をお訊ねしてもいいですか？」

外国人は、明かりにボトルを透かしてワインを凝視した。そして目を伏せ、ゆっくりと飲み、意識を集中し、幸福を味わった。その様子は、離陸するバッハのフーガの調べに乗っているかのようだった。それから目の前にあるマホガニー製のテーブルの、ガラスの天板の上にグラスを置くと、ようやく姿勢を正して答えた。

「名前はいくつも持っていた、だが全部忘れたい。名前はきみにつけてもらいたい」

フェリックスは食い下がった。顧客がどういう人間なのか、最低限知っておく必要がある、と。外国人は右手を挙げた。骨ばった指の大きな手で、ゆっくりと拒否を伝えた。だが、手を下ろし、ささやいた。

「きみの言うとおりだな。わたしは報道写真家だ。撮るのは、戦争、飢餓、その亡霊たち、自

10 アンゴラの中流階級の女性の呼称。
11 ブラジルの詩人、作家（一八三九―一九〇八年）。
12 ブラジルの詩人（一八六一―九八年）。

然災害、大惨事。わたしのことは目撃者だと思ってくれ」

この国に居を定めるつもりなのだと男は言った。れっきとした過去より、おじやおばやいとこたち、甥や姪、祖父母、二、三人のベサンガーナ、当然みんな死ぬなり亡命するなりしてここにはいない大勢の家族以上のものがほしい、家族写真や記録以上のものがほしいのだ、と。必要なのは新しい名前、この国の正真正銘の書類、その人物を証明するもの。フェリックスは話を聞きながら震え上がった。

「だめです！」ようやくそれだけ言った。「ぼくはそれはやらない。夢は作っても、捏造はしない。だいたい、はっきり言わせてもらうと、あなたにアフリカの家系図をでっちあげるのは無理がありすぎます」

「それはまた、なぜだ？」

「なぜって、あなた、白人じゃないですか！」

「だからなんだ？　きみのほうが、わたしよりよほど色白じゃないか」

「色白って、ぼくが？」フェリックスはうろたえた。ポケットからハンカチを取り出して、額を拭った。「いやいや、ぼくは黒人です、純粋の黒人ですよ。生粋の黒人だ。そうは見えませんか？」

このとき、わたしはずっと自分の居場所、つまり窓にいたのだが、思わず笑い出さずにはいられなかった。外国人は、空中に何かを探すかのように顔を上げ、緊張した声で言った。

「今のを聞いたか？　誰が笑ったんだ？」

「誰でもありませんよ」とフェリックスは言うと、わたしを指さした。「あのヤモリです」

男は立ち上がった。こちらに近づいてくるのが見え、その視線がわたしを貫くのを感じた。わたしの魂（前世の魂）をまっすぐ見据えているかのようだった。しかし、静かな戸惑いとともに首を振った。

「これがなんだか知ってるかい？」

「え？」

「ヤモリといっても、非常に珍しい種類だ。この縞模様が見えるかい？　タイガーゲッコーだ、臆病な生き物で、まだ多くは知られていない。初めて発見されたのは六年ほど前、ナミビアでだ。二十年くらい、あるいはもっと長生きすると言われている。すごい笑い声だな。人間みたいじゃないか」

フェリックスは頷いた。たしかに、彼自身も最初は驚いたのだ。それで、爬虫類についての本を何冊か読んだ。どれも家にある本だが、この家にはだいたいどんな本でもあるのだ。リスボンからルアンダに移住し、古書店を営んだ養父から大量の本を受け継いだ。それで、ヤモリは、種類によっては強い音を、人の笑い声に似た声を出すことを彼は知った。だいぶ長い時間、二人はわたしの話をしていたので、きまりが悪かった。まるで、わたしなどそこにいないみたいじゃないか。だが同時に、二人が話しているのはわたしのことではないような気もしていた。どこかの外来生物、あるいは漠然としたことしかわからない遠くの変異種のことのような。人間は、住処を分かち合う小さな生き物たちのことを、たいていは無視している。鼠、蝙蝠、ゴキブリ、蟻、ダニ、蚤、蛾、蚊、蜘蛛、ミミズ、紙魚《しみ》、白蟻、南京虫、穀象虫、蝸牛《かたつむり》、黄金虫。そろそろ自分の面倒を見るころだなと思いはじめた。この時間になると、フェリックスの部屋には蚊がたくさん出てくるし、わたしは腹が減ってきていた。外国人は立ち上がると、椅子に置いてあった書類鞄を開け、分厚い封筒を取り出した。それをフェリックスに渡すと別れを告げ、戸口に向かった。自分でドアを開けた。頷いて挨拶すると、出ていった。

声を満載した船

高額紙幣で五千ドル。

フェリックスが慌てて封筒を破って開けると、札が何枚もひらひらと落ちてきた。緑の蝶のように、夜の空気につかの間浮かび、床や本、椅子、ソファの上に舞い落ちた。フェリックスは度を失った。外国人を追いかけるつもりで、玄関のドアを開けてはみたが、しんと深い夜に、人の気配は消えていた。

「これ、見たか?」と、わたしに言う。「それで、どうしたらいい?」

落ちた札を一枚ずつ拾って数え、もう一度封筒にしまう。メモが入っていることに気づいたのは、そのときだった。フェリックスは声に出して読んだ。

「親愛なるきみ、すべてそろったあかつきには、さらに五千ドル支払うことにしよう。書類を作成するために、証明書用の顔写真を何枚か入れておく。三週間以内に戻る」

フェリックスは横になり、本を読もうとした。ニコラス・シェイクスピアが書いたブルース・チャトウィンの伝記で、ケトザル社から出ているポルトガル語版だ。十分後、枕元のテーブルに本を置いて起き上がった。そのまま家の中をぐるぐると夜明けまで歩き回り、脈絡のない言葉をぶつぶつと呟いていた。何かを言うたびに、寡婦の手のように柔らかくて小さな両手が、ばらばらに、意味もなく動いた。短く刈られた縮れ毛が輝きを放ち、不思議なオーラを発していた。窓越しに外から見る人がいたら、幽霊がいると思っただろう。

「だめだ、馬鹿なことを！　ぼくはやらない」

（……）

「パスポートは難しくないし、危険ですらない、しかも安い。できるさ、いいじゃないか？　いつかはやらねばならない時が来るんだから、避けて通れないゲームを無意味に引き延ばしているだけじゃないか」

（……）

「おまえ、気をつけろ、通る道はよく選べ。おまえは詐欺師じゃない。落ち着け、言い訳を考えろ、カネは返してやっぱり無理だと言うんだ」

（……）

「一万ドルをどぶに捨てる奴があるか。ニューヨークで二、三か月過ごすんだ。リスボンの古本屋を回ろう。リオでサンバを見よう、ダンスホールに行って、古本屋に行く、あるいはパリにレコードと本を買いに行くのもいい。最後にパリに行ってから何年になる?」

(……)

フェリックスの苛立ちのせいで、狩りを邪魔された。わたしは夜の狩人なのだ。獲物に狙いを定めると、天井まで追い詰める。蚊は一度上に行くともう降りてこない。そうしてわたしは獲物の周囲に円を描くようにぐるぐると走り、だんだんと円周を縮めて囲い込み、最後に呑み込む。フェリックスがソファに身を投げ出し、これまでの人生を語り出すころには、空が白みはじめていた。

＊＊＊

「この家にいると、船に乗っているみたいだってよく思う。重たい泥水をかき分けながらようやっと川を進む、古い蒸気船だ。川の周囲には密林。あたりは夜に包まれている」とフェリックスは言い、声をひそめた。そして、棚に並ぶ本の影をゆらりと指さした。「声がいっぱい積んであるんだ、この、ぼくの船には」

外からは夜が滑る音が聞こえる。犬どもの吠える声。鉤爪が窓ガラスを引っ掻くような音。窓を見れば、わたしにはやすやすと思い描けるのだ、川も、その背で旋回する星たちも、枝から枝へと逃げていく鳥たちも。ムラート（白人と黒人の混血）のファウスト・ベンディート・ヴェントゥーラ、祖父の代から続く古書店の主。ある日曜の朝、彼は家の玄関の前に箱が置いてあるのを見つけた。中には、エッサ・デ・ケイロース[13]の小説『聖遺物』が何冊か重ねてあり、その上には裸の生き物がいた。その子は痩せていて、人なつこく、髪の毛はきらきらと輝く泡のようで、満足げににこにこと笑っていた。子のいないやもめの古書店主は、この嘘のような筋書きには天の意志が働いているのだと信じ、その男の子を養子として育て、教育した。その箱と本は大事にとっておいた。フェリックスは誇らしげにわたしにこう言った。

「ぼくの最初のゆりかごはエッサなのさ」と。

＊＊＊

ファウスト・ベンディート・ヴェントゥーラはいつの間にか古書店主になっていた。人生で労働をしたことがないというのが自慢だった。朝早くに家を出て、バイシャ[14]のあたりを散歩する。ゆっくりゆったり《マレンベ・マレンベ》、ぱりっとした麻の服、頭にはパナマ帽、蝶ネクタイにステッキという出で立ちで、友人や顔見知りに会えば、帽子の縁に人差し指で軽く触れて挨拶した。通りで行き会う同年配のご婦人方は、まぶしいほほ笑みと、「おはよう、詩のようなあなた《ポエジーア》」というささやきに心をときめかせた。バルの女給たちにはぴりっと気の利いた言葉をかける。聞くところによると（と、わたしはフェリックスから聞いた）、彼のことを面白く思わない者たちから嫌味を言われることもあったらしい。「それで、あんたは平日、何をしているんだね」ファウスト・ベンディートはこう答えたそうだ。「わたしに平日はない、毎日、ぶらぶらしているのさ」ひと気のない夕方、誉れ高い〈バイカー〉[15]にぽつぽつと集っては、輪になってトランプをしたり噂話をしたりしながら、なんとか死神の目を逃れている植民地時代の役人たちは、今でもこの話をしては、大笑いして手を叩く。ファウストは、家で昼食をとり、昼寝をしてから、ベランダに出て夕方の涼風を楽しむのが常だった。あの時代、独立前には、道路と庭を隔てるあの高い塀はなく、門はいつも開けてあった。客たちは階段を上ってくるだけで、店の頑丈な板張りの床にぞんざいに積まれた本の山に、好きなように手を伸ばすことができた。

13　ポルトガルの作家、外交官（一八四五—一九〇〇）。ポルトガル近代文学の礎を築いた文豪の一人。
14　ルアンダの旧市街区。
15　ルアンダの中心街にあったパブ。植民地時代には知識人や芸術家などのたまり場だった。

＊＊＊

わたしも、フェリックス・ヴェントゥーラと同じく、古い言葉を愛している（とはいえ、わたしの愛はいつも一方通行だが）。この愛をフェリックスは、最初は養父のファウスト・ベンディート、次にある老教師から教わった。この高校の担任は、どことなく陰があり、背が高く、あまりにも華奢なものだから、いつも横顔を見せて歩いている古代エジプトの版画のようだった。ガスパルという名のその教師は、言葉が失われていくことに心を痛め、言語の荒れ地に置き去りにされた不運な言葉たちに寄り添い、なんとか救済しようとしていた。そうした言葉をわざわざしょっちゅう使うので、嫌がる生徒もいたが、なじんでいく生徒もいた。教師は勝利したのだと思う。なぜなら、彼の生徒たちはそうした言葉を次第に使うようになったからだ。最初はふざけて、それからは仲間内の隠語として古語を使ううちに、それはある集団に属することを示すタトゥーのようになり、ほかの若者たちと自分たちは違うのだという気持ちを抱かせた。今でも、昔の生徒たちは互いを見分けられるんだ、とフェリックスは断言した、たとえ会ったことがない者同士でも、最初の数語を発しただけで、もうわかるのだと言う。

「今だって、誰かが羽根布団のことをポルトガル語でフロウシェルと言わずに、ガリシア風におぞましくもエドレドン、なんて言うのを聞くとぞっとする、きみだって賛成してくれるだろうけど、フロウシェルのほうがよほど美しいだろう。でも、もうスティアン[16]には慣れたよ。エストロフィアンと言うほうが、また別の歴史的な重みがあると思うけどね。とはいえ、やっぱりまだ耳慣れないな、ね、そうだろう？」

16　スティアンはフランス語でブラジャーのこと。エストロフィアンはローマ時代に女性がつけていた胸帯（ストロピウム）のこと。

夢　第一番

知らない街、雑踏を避けながら次々に道を渡っていく。ありとあらゆる人種の人たちとすれ違う、ありとあらゆる信仰を持ち、ありとあらゆる性別（性別は二つしかないと、ずいぶん長い間思い込んでいたものだ）の人たち。書類鞄を手にし、サングラスをかけた黒人の男たち。オレンジのように陽気で朗らかな仏教の僧たち。針金のごとく痩せた女たち。ショッピングカートを引いている肥満した主婦たち。ローラースケートを履いて、すばしこい鳥のように人混みをすり抜けていく十代の華奢な子どもたち。前後で手をつなぎながら一列になって進む、制服姿の小さな男の子たち。列の先頭には女性教師がいて、列の最後にもまた女性教師がいる。ジェラバ[17]をまと

17　モロッコの民族衣装で、フードのついた幅広の丈の長いローブ。

い、帽子を被ったアラブの男たち。闘犬を散歩させる禿げ頭の男たち。警官。盗人。思索にふける知識人たち。つなぎの作業服姿の職工たち。誰もわたしを見ない。カメラを手に、細い目で何もかも見て歩く日本人の団体ですら。彼らの前で立ち止まり、話しかけ、肩を揺さぶるが、誰もわたしに気づかない。わたしには話しかけてこない。三日間、こんな夢を見ている。以前の人生で、まだ人間の姿をしていたときも、しばしばこの夢を見たものだ。目覚めると、口に苦味が広がり、胸が苦しかったのを覚えている。当時のあれは前兆だったのだろう。今はおそらく、それを確かめているのだ。いずれにせよ、もはやわたしが動じることはない。

アルバ

朝、目覚めると、彼女はアルバ、アウロラ、あるいはルシアと名乗った。昼にはダグマールになり、夜はエステラになった。背が高く、真っ白な肌をしていた。北欧の女にありがちなくすんだ乳白色などでなく、大理石のような白さで、透き通るように白く、その下の血管をたどれそうなほどだった。会う前から、わたしはすでに彼女を恐れていた。実際に会うと口がきけなくなった。震えながら、二つ折りにした封筒を差し出した。表書きの〈マダム・ダグマールへ〉という父の手になる凝った書体は、たとえばスープの作り方などの簡単なメモすら、カリフの通達であるかのように見せてしまう。彼女は封筒を受け取ると、中からつまみ出したカードに視線を落とし、こらえきれずに吹き出した。

「あなた、まだ女を知らないの?」

わたしは気を失いそうになった。そのとおり、すでに十八歳になってはいたが、恋人はまだいなかった。ダグマールに手を引かれて迷路のような廊下を進んでいくうち、気がつくと、鏡だらけの薄暗く広い部屋に二人きりになっていた。すると、笑みを浮かべたまま、彼女が両手を挙げ、ドレスが衣擦れのささやきとともに足元まで滑り落ちた。

「貞節なんて無用の苦悩よ、坊や。その間違った考えを、このわたしが喜んで正してあげる」

まさにこの部屋で、燃え立つような暗がりに、彼女と父が一緒にいるところが頭に浮かんだ。そのとき、閃光のように垣間見えたのは、鏡の中で何重にも見える彼女が、ドレスを脱ぎ捨てて胸をさらけ出す姿だった。彼女の広い尻が見えた、その体温を感じ、父が見えた、父の力強い両手が見えた。父の、成熟した男の高らかな笑い声が、彼女の皮膚の上で弾けるのが聞こえ、淫らな言葉が聞こえた。恐怖と嫌悪感がないまぜの、まさにこの瞬間を、わたしは、千回も、万回も、繰り返し生きた。わたしの最期の日々まで、この瞬間を生きた。

＊＊＊

ときどき、悲しい詩をふと思い出すことがあるのだが、作者が誰なのかも思い出せない。おそらく夢で知ったのだろう。ファド、タンゴ、あるいは子ども時代に耳にした古いサンバのリフレインなのかもしれない。

「もっとも重い罪は愛さないことである」

人生では何人もの女に出会ったが、誰のことも愛さなかったのではないかと思うと怖ろしい。情熱をもって愛さなかった。いや、おそらく、自然が求める形では愛さなかったのだ。これを思うと恐怖する。今のわたしのこのありさまは——この問いは拷問に等しい——皮肉な罰なのだろうか。でなければ、なんの意思も働かぬ偶然なのか。

ジョゼ・ブッフマンの誕生

今回、外国人は事前に来訪を知らせてきた。電話があったのだ。それで、フェリックス・ヴェントゥーラにも準備をする時間があった。すでに七時半には着替え終えたフェリックスは、これから結婚式に向かうかのような出で立ちで、明るい色合いの生麻の背広を着込み、胸には真紅の絹のネクタイが感嘆符のごとく光っていて、あたかも花婿か、花婿の父のごとくだった。背広は養父が遺したものだ。

「誰か来るのかい」

いや、フェリックスは彼こそを待っていたのだ。エスペランサ婆さんは、冷めないようにとオーブンに魚のスープを入れておいてくれた。その朝、婆さんは、イーリャ[18]の漁師からじきじきに立派な鯛を一尾、さらにはサン・パウロ市場で燻製ナマズを五匹、買い込んだのだ。親戚の女性が香り高い唐辛子《ジンドゥンゴ》の束（「固形状の火」という意味[19]だよ、とフェリックスが教えてくれた）、キャッサバ、サツマイモ、ホウレン草、トマトをガベラから持ってきてくれていた。フェリックスが大皿をテーブルに置いたとたん、温かい抱擁のような強い香りが部屋いっぱいに広がり、わたしは久方ぶりに今の自分の姿を呪った。わたしだって、テーブルについて食事したい。外国人の食べっぷりは見事だった。味わっているのは鯛の身などではなくて、突発的に弾ける魚群をすり抜け、逆巻く水と、晴れた日に青い深淵に垂直に射し込む光の太い糸をくぐりぬけて泳いだ、鯛の生そのものであるかのように。

「面白い実験があってね」と、男は言った。「犠牲者の側に立ってものを見ようとする、というものだ。たとえば、今、われわれが食べているこの魚。心の広い鯛だよ、なあ？　このわれわれの夕食を、鯛の立場から見てみたことはあるかい？」

　フェリックス・ヴェントゥーラは、それまでそんなことは一度もしたためしがなかったのに、哀れな魚をじっと見つめた。そして、身震いすると皿を押しのけた。客は一人で話し続けた。

「生がわれわれに憐れみを求めると思うかね？　わたしはそうは思わん。われを祝せと、生はそう求めているのさ。鯛に話を戻そう。もし自分がこの鯛だったら、いやいや食べられたいか、それとも楽しみながら食べられたいか、どっちだろう？」

　フェリックスは黙った。彼は、自分が鯛であると知っていたが（われわれみんなそうだ）、たぶん、自分だったら絶対に食べられたくないと思っていたのだろう。外国人の話は続く。

「昔、どこかのパーティーでの話だ。ある年寄りの百歳の誕生日だとかで、どんな気分ですか、と本人に訊ねてみた。そしたら、その哀れな男は、困ったような笑みを浮かべてこう言ったんだ、よくわからないな、なにしろあっという間だったから、と。自分が生きてきた百年の話をしているというのに、数分前に被った災難の話をしているみたいな調子でね。ときどき、わたしも同じように感じる。過去と虚無があまりに過剰で、魂が痛むのだ」

そして、グラスを掲げた。

「それでも、こうしてわたしは生きている。生き残ったんだ。妙な話だと思うかもしれないが、そう理解したのは、ルアンダに上陸してからだ。そうだ、〈生〉に乾杯! アンゴラがわたしを〈生〉へと救出してくれた。われらを祝し、結びつける、幸いなるこのワインに乾杯!」

この男はいくつくらいだろう。おそらく六十歳くらい、だとすれば、これまでの人生、身体にはよほど気をつけてきたに違いないが、もしも四十代前半であれば、深い絶望の歳月を送ったのだろう。ああして座っていると、犀のように剛健に見える。目元を見ると、だいぶ歳がいっているようにも見える。不信と疲労に満ちた瞳をしているが、グラスを掲げて、〈生〉に乾杯、など

18 ルアンダ市イーリャ地区。半島にあり、周囲を海で囲まれている。
19 ルアンダの南に位置するクワンザ・スル州の都市。

と言っている今のような瞬間には、オーロラのような光を帯びることもある。

「歳はおいくつですか?」

「質問をするのはわたしにさせてほしい。頼んだものはできたのかな」

フェリックスは視線を上げた。できていた。すでに、身分証明書、パスポート、運転免許証ができあがっていて、いずれにも、ジョゼ・ブッフマン、シビア生まれ、五十二歳、職業は写真家、と記載されている。

アンゴラ南西部、ウイラ州のシビアにあるサン・ペドロ村は、一八八四年にポルトガルのマデイラ島出身の将校によってつくられたのだが、すでにそれ以前からボーア人[20]が数家族で住んでいて、鶏を飼い、土地を耕し、黒人たちの土地で白人として生を受けたことを神に感謝しつつ(と言ったのは、当然ながらフェリックス・ヴェントゥーラだ、わたしは彼の言葉を引用しているだけだ)繁栄していた。その集落は、もともとヤコブス・ボータという将校が率いていた。彼の右腕が、赤毛で陰気な大男のコルネリオ・ブッフマン中尉で、一八九八年にマデイラから来た娘、マルタ・メデイロスと結婚し、二人の息子をもうけた。長男のペーターは幼少期に夭折、次男のマテウスは有名な狩猟家となり、スリルを求めてアンゴラまでやってくる南アフリカや英国からの団体客の狩猟案内人として長年働いた。マテウスは晩婚で、五十歳を過ぎてから米国出身のアーティスト、エヴァ・ミラーと結婚し、一人息子が生まれた。ジョゼ・ブッフマンだ。

夕食を終え、食後のミントティーも飲み終わると——もっともジョゼ・ブッフマンはコーヒーを所望したのだが——フェリックスはファイルを持ってきてテーブルの上で開いた。パスポート、身分証明書、運転免許証。写真もたくさんあった。そのうちの一枚は、セピア色に褪せたかなり古いものだったが、ヌーにまたがって、心ここにあらずという風情の男が写っていた。

「これが、コルネリオ・ブッフマン。あなたのお祖父さんです」とフェリックスは紹介した。

別の一枚には、果てしなく広がる地平線を背景に、川辺で抱擁し合う男女が写っている。男のほうは目を伏せていた。花柄のワンピースを着た女のほうは、カメラに向かって笑っている。ジョゼ・ブッフマンはその写真を手に取ると、立ち上がり、明かりの真下に持っていった。その声はわずかに震えていた。

「わたしの両親かな?」

フェリックスは頷いた。マテウス・ブッフマンとエヴァ・ミラー。ある晴れた午後、シンプンプニメ川の前で撮られたものだ。おそらく、当時十一歳だったジョゼ自身が、この瞬間をカメラに収めたのだろう。それからフェリックスは、古い雑誌「ヴォーグ」の、アフリカ南部の大型野生動物のゲーム・ハンティングについてのルポルタージュ記事を見せた。沼で水浴びをする象の

20　オランダ系の南アフリカ移民とその子孫。アフリカーナー。

水彩画が描かれ、野生動物の生態について紹介するその記事には、エヴァ・ミラーと署名があった。

川は流れるべき方向へと粛々と流れ、イネ科の草がすくすくと立っているあの写真を撮った静かな昼下がりから数か月後、エヴァはケープタウンへと旅立った。一か月で戻ってくるはずだったが、それきりとなった。マテウス・ブッフマンは南アフリカの友人たちに手紙を書いて妻の消息を求めたが、このままでは埒が明かないと、家の手伝いをしてもらっていた盲目の老人、かつての狩猟案内人に息子を預けて、自ら妻を探しに出かけた。

「で、見つかったのか?」

フェリックスは肩をすくめた。写真、書類、雑誌をまとめてファイルにしまい込んだ。ぱたんと閉じて太い赤の紐で縛ると、贈り物のようにジョゼ・ブッフマンに手渡し、こう言い添えた。

「言うまでもありませんが、シビアには絶対に足を踏み入れないでください」

＊＊＊

この肉体に閉じ込められてから十五年ばかりになるが、いまだにしっくりこない。人間の皮膚をまとって、ほぼ一世紀を生きたこともあるが、あのときも自分が完全に人間だと感じたことは決してなかった。これまで知り合った小型ヤモリや蜥蜴《とかげ》は三十五、六匹くらいだろうか、種類でいえば、五、六種類だと思うが、そこは定かではない。生物学に興味を持ったことがないのだ。うちの二十匹は、かつては広大な中国や賑やかなインド、あるいはパキスタンで稲作をしたり、高い建物を建てたりしていたそうだ。その最初の悪夢から覚め、今この悪夢の中で目覚めた彼女たち、あるいは彼らにとって、どちらもそう違いはないのではないか、ひょっとしたら、現在のほうがいくぶんましかもしれない。七匹は、アフリカで同じこと、あるいはほぼ同じことをしていたと言うし、一匹はボストンで歯科医、もう一匹はブラジルのベロ・オリゾンテで花屋をし、一匹は枢機卿だった記憶があるらしい。そいつはバチカンを懐かしんでいた。シェイクスピアを読んだことがあるものは一匹もいなかった。枢機卿はガブリエル・ガルシア＝マルケスが好きだったのだそうだ。歯科医はパウロ・コエーリョは読んだと教えてくれた。わたしはパウロ・コエーリョは読んだことはない。こういう蜥蜴やヤモリの仲間たちの話を聞くよりも、フェリックス・ヴェントゥーラの長々しい独り言を聞くほうがよほど楽しい。昨日は、素晴らしい女と出会ったのだと打ち明けてくれた。女という言葉が彼女には似つかわしくないとまで言っていた。

「アンジェラ・ルシアを女と呼ぶなんて、人類を類人猿と呼ぶようなものだよ」

これはまたひどい言い草だ。それでも、その名を聞いて、わたしはある女性を思い出した。アルバ。緊張が走り、身を固くした。フェリックスは、その女性のことを思い出して饒舌になっていた。その口調は、奇跡は本当にあるということを裏付けようと躍起になっている者のそれだった。

「彼女はね、なんというか……」そう言って口をつぐみ、両手のひらを上に向け、うまい言葉はないかと探して目をぎゅっと瞑った。「清純な光なんだ[21]！」

ありえなくはない。名前というのは、ときに呪いとなる。大雨が泥川の流れを作るように、名前が人の道を決めることもある。どれだけ抵抗したところで、名前が決めた運命には逆らえない。あるいは、名前が仮面となることもある。名前は隠し、惑わせる。だが、多くは明らかになんの力ももたない。わたしは、自分が人間だったころの名を思い出したところで、喜びも、痛みも、感じない。寂しくもない。あれは、わたしではなかったのだから。

＊＊＊

ジョゼ・ブッフマンは、この奇妙な船の常連客となった。ほかの声に、また一つ声が加わったというわけだ。もっと過去を付け足してくれと、フェリックスに言いに来るのだ。そして、質問攻めにする。

「わたしの母はどうなったのだろう？」

わが友（と、もう呼んでもかまわないだろう）は、彼のしつこさに少々辟易としている。なすべきことはもう終えたので、それ以上の義務はないと思っているのだ。それでも、応じてやることもある。エヴァ・ミラーは、アンゴラには帰りませんでした、と答えた。父親の古い顧客で、ブッフマンと同じく南部の家系の出の老ベゼーラが、ある日の午後、ニューヨークで彼女にばったり出くわしたのだ。すでにそれなりに歳も取って弱々しいご婦人だった、人混みの中を困ったようにゆっくりと歩く姿は「翼の折れた小鳥のようだった」と、ベゼーラは父に語ったという。街角で、彼女は私の腕に飛び込んできたのだと彼は言ったが、文字どおり、飛び込んできたらしい。驚いた彼が思わずニャネカ語（アンゴラ南西部で話される国民言語の一つ）で罵り言葉を呟くと、その女性はにっこり笑って、こう言ったそうだ。

「そんな言葉をご婦人に向かって言ってはだめよ」

そのとき、ようやく彼女が誰なのか気づいたと言う。キューバ移民の店主が営むカフェに二人で座り、日が落ちるまで話し込んだ。そこまで話すと、フェリックスは少し黙って、言い直した。

「夜になるまで、ですね。ニューヨークでは、日は落ちたりしません。この国とは違います。ここの太陽は、空から落っこちて沈んでいきますからね」

---

21 アンジェラとはポルトガル語で「天使」、ルシアとは「光り輝く」という意味のラテン語に由来する名前。

わが友は、いつも言葉の正確さに細心の注意を払う。ここの夜の帳の降り方は、空から猛禽が降下してくるみたいですよね、とまで言い添えた。こんなふうに話が脱線すると、ジョゼ・ブッフマンはついてこられなくなる。彼は話の続きを知りたがった。

「それで?」

エヴァ・ミラーは、インテリアデザイナーとして働いていた。マンハッタンで、セントラル・パークの見える小さな部屋に一人で住んでいた。その小さな居間も、一つしかない寝室も、狭い廊下も、壁はすべて鏡で覆われていたそうだ。ジョゼ・ブッフマンは話を遮った。

「鏡だって?」

そう、とわが友は続けた。それも、老ベゼーラの話のとおりであれば、普通の鏡じゃない。彼はそこで、ふふ、と笑った。自分で作ったおとぎ話の力に、自ら引き込まれたのだろう。遊園地にあるような、細工された鏡だ。鏡板がゆがんでいて、目の前に立つ人の姿を意地悪くも変えて見せる。すらりと美しい姿をした人を、背がつぶれて太った人にする鏡もあれば、反対に細長く引き伸ばす鏡もある。隠した魂を輝かせて見せる鏡もあった。前に立つ人の顔でなく、うなじと背中を見せる鏡もある。美しく見せる鏡、醜く見せる鏡。そうしておけば、部屋に入ったとたん、エヴァ・ミラーは孤独を感じずにすむ。自分が入れば、一緒に大勢の人が入ってくるのだ。

「きみは、その老ベゼーラの連絡先を知っているのか?」

フェリックス・ヴェントゥーラは驚いて、ブッフマンを見返した。そして肩をすくめた。まるで、そこまで行けと言うなら、いいですよ、行きますよ、とでも言うように。そして、老人はつい数か月前に、気の毒にもリスボンで死んだと告げた。

「癌でした」とも言い添えた。「肺癌です。ヘビースモーカーでしたからね」

二人は押し黙って、老ベゼーラの死に思いを馳せた。夜は生暖かく、湿気があった。窓から穏やかな微風が入ってきた。風に乗って、か細い蚊も数匹、ひょろひょろと入ってきて、明かりに興奮して意味もなく飛び回っていた。腹が減ってきた。わが友はおかしそうに笑って言った。

「追加料金をいただかないといけませんね、まったくもう《ポピラス》！　ぼくの顔、シェヘラザードに見えます？」

夢　第二番

少年は、石塀にもたれながらしゃがんで、わたしを待っていた。その子が両手を開くと、そこは緑色のひそやかな光で満ちていたが、その魅惑的な何かは瞬く間に暗闇に散り散りになった。「蛍だよ」と、少年はそっと教えてくれた。石塀の後ろには川が流れ、濁った水が勢いよく、大型犬が喘ぐような音を立てていた。川の向こうは森だ。荒削りの石でできた塀は低かったので、黒い川と、その背に乗っていく星たちが見え、奥の鬱蒼とした葉叢は深く、井戸のようだった。少年は石塀に軽々と飛び乗り、一瞬動きを止めたが、頭を夜に沈めると、向こう側に飛び降りた。夢の中のわたしはまだ若者で、背は高く、肥りつつある体つきをしていた。石塀を上るのに少し難儀したが、そこから飛び降りた。泥に膝をつくと、川が両手をなめてきた。

「これはなんだ?」

少年は答えなかった。わたしに背を向けていた。その肌は夜よりも黒く、なめらかで艶光りし、肌の上でも、川面と同じように、星たちが渦を巻いていた。わたしは、金属のような水面を歩いていく少年の姿が見えなくなるまで見送った。すると、数秒後にはもう、向こう岸にふたたび姿を現した。森の足元に横たわる川は、ようやく眠りについたところだった。そのままそこに長い間腰を下ろして居座れば、じっとしたまま目を覚ましていれば、何らかの方法で、星たちの渦巻きがわたしの魂に触れるかもしれない、そうしたら、神の声を聞けるかもしれない、そうかもしれない、と思っていた。すると、本当に聞こえてきたのだ、ぴいぴいというかすれた音、火にかけたやかんのような音だった。懸命に耳をすませ、なんと言っているのか聞き取ろうとしていると、痩せたポインター犬が、携帯ラジオを首から下げて、物陰からわたしの目の前に現れた。ラジオは周波数が合っていなかった。男の声は低く、地面の下から響いてきて、ざあざあという雑音をなんとかかいくぐろうとしていた。

「もっとも重い罪は愛さないことである」と神は言った。タンゴ歌手のような柔らかな声だった。「この放送は、マリンバ市パン屋連合の提供でお届けいたします」

それから、片足を軽く引きずりながら犬は遠ざかっていき、あたりはまた、しんと静まり返った。わたしは石塀を飛び越えてそこを立ち去り、街の灯りのほうに向かった。車道に出る前に、また少年の姿が見えた。石塀に寄りかかって、ポインター犬にしがみついていた。犬と少年はわたしをじっと見つめてきたが、その姿はひとつの生き物のようだった。彼らに背を向けたものの、まだ（まるで何か暗いものに背中を叩かれているかのように）、犬と少年の挑むような視線を感じた。どきりとして目が覚めた。わたしは湿った壁の割れ目にいた。蟻どもがわたしの指のあいだをうろうろしていた。夜を探しに行くことにした。わたしの夢は、だいたいにおいて、現実より真実味があるのだ。

光彩性物質

わが友の、簡潔ながらも熱い言葉のせいで、輝く天使のような姿を思い描いていた。きらめく光彩のような。どうやらフェリックスはいささか誇張していたようだ。煙草の煙がもうもうとたちこめるパーティーの喧騒の中に彼女が紛れ込んでいても、わたしだったら気づかないだろう。アンジェラ・ルシアは若く、浅黒い肌で、繊細な顔立ちをして、細く黒い三つ編みを肩にのせていた。平凡な娘だ。しかし、それでも、そう、その肌は、特に彼女が感動したり高揚したりすると、銅のように輝く。そのときの彼女が実際美しいということは、わたしも認めざるをえない。しかし、特に印象に残ったのは、その声だった。低くかすれ、しっとりと官能的だ。フェリックスは、今日の夕方、トロフィーを持ち帰るかのように彼女を連れてきた。アンジェラ・ルシアは並んだ本やレコードをじっくりと観察した。厳めしく鎮座するフレデリック・ダグラスを見て大

笑いした。

「この紳士《ムアディエ》は、ここで何をしているの?」

「ぼくの曾祖父だよ」とフェリックスは答えた。「ひい祖父さんのフレデリコ、父方の祖父さんの父だ」

彼は十九世紀にブラジルに奴隷を売って一財産を築いた。奴隷貿易が終わると、リオ・デ・ジャネイロに農園を購入し、長くも幸せな歳月を送った。だいぶ歳を取ってからアンゴラに戻り、まだ若い瓜二つの双子の娘を連れてきた。あれは彼の娘なのか怪しいものだと瞬く間に噂が立ったが、老フレデリコは、あっけらかんと事実を明かした。その家事手伝いの娘の片方を妊娠させたのだと。しかも、生まれた息子はうまい具合に父親そっくりの目をしていた。あまりに自分にそっくりで、父親は息子を見るのを怖がったほどだ。そこにある肖像画はフランスの画家が描いたものだよ。アンジェラ・ルシアは、肖像画の写真を撮ってもいいかと訊ねた。それから、奴隷商の曾祖父がブラジルから持ってきたという大きな柳編みの椅子に座るわが友の写真も撮りたいと言った。彼の背後の壁で、今日の最後の陽光が甘く息絶えようとしていた。

「こんな光があるなんて、嘘みたい。ここでしか見たことない」

光を見るだけで、それが世界のどこだかわかることもあるの、とアンジェラ・ルシアは言った。リスボンでは、春の終わりになると、家々の上に錯乱したように光が降り注ぐ、それは白くて湿り気があり、少しだけ塩の味がするのだと。リオ・デ・ジャネイロでは、リオっ子《カリオカ》たちが感覚的に「秋」と呼び、ヨーロッパ人は、リオの秋だなんて想像の産物にすぎないと高飛車に断言するあの季節、つやつやとした絹のようになめらかな光は、湿気と灰色味を帯びて、通りを覆ったかと思うと、ゆっくりと、悲しげに、広場や庭園に降りてくる。マット・グロッソ州のパンタナル湿地では、早朝、ルリコンゴウインコが空を渡り、羽根から清明でゆるやかな光を振り落とす。それは少しずつ水の上に落ちたかと思うと成長して広がるのだが、歌をうたっているように見える。マレーシアのタマンネガラの森林の光は流動性の物質で、肌に貼りつき、味も匂いもある。ゴアの光は、騒々しくつっけんどん。ベルリンの太陽はいつも笑っている、少なくとも、雲に穴を開けることができたときはいつも。環境活動家の原発反対シールに描かれている太陽みたいな笑顔だ。どんな空にもアンジェラ・ルシアは光を見出し、忘却の淵から救い出す。永遠の冬にいるような季節のスカンジナビアに光だなんて、そんなものは人々の想像にしかないはずだと、実際に行ってみるまではそう思い込んでいた。だが、それは間違いだった。ときどき、希望に満ちた明るさを孕む大きな雲が広がることがあるのだ。ここまで話すと、彼女は立ち上がって芝居がかった口調で言った。

「エジプトは？　カイロではどうなのかしら、カイロには行ったことある？　ギザのピラミッドの近くでは？」と言うと、両手を上げて朗々と暗誦した。「光は落ちる、壮麗に、あまりに強く、あまりに生き生きとし、万物の上に降りてくるそのさまは、あたかもきらめく靄《もや》の一種であるかのようだ」

「エッサだね!」と、フェリックスはほほ笑む。「その形容詞の使い方で、エッサ・デ・ケイロースだとすぐわかる。シャツを見ただけでネルソン・マンデラだとわかるようなものだ。それはたしか、エッサがエジプトを旅したときの旅行記じゃないかな」

アンジェラ・ルシアは驚いて、うれしそうにひゅうと口笛を鳴らし、手を叩いた。それじゃ、噂は本当だったのね、あなた、ポルトガル文学の古典をことごとく読んでいるらしいわね、エッサは全部読んだの、それではカミーロ[22]の膨大な作品はどう? フェリックスは咳払いをして、顔を赤らめた。そして話題を変えた。彼女のように写真家で、同じく彼女のように、長いこと外国で暮らしていて、ごく最近、国に戻ってきた知り合いがいるのだ、と。彼は戦場カメラマンなんだが、紹介しようか?

「戦場カメラマン?」と、アンジェラはぞっとした目で見た。「その人が、わたしとどう関係あるの? そもそも、わたしは写真家でもないのよ。ただ、光を蒐集しているだけで」

そして、プラスチックの箱を鞄から取り出すと、フェリックスに見せた。

「これ、わたしの光彩性物質。スライドのこと」

いつも、こうした光彩のさまざまな形態の例を持ち歩いているのだと言う。アフリカのサバンナ、ヨーロッパの古い街角、あるいは南米の山脈や森林で集めた光彩。光、きらめき、ほのかな灯り、それらがプラスチックの四角い枠に挟まっている。これらを見て、薄暗い日に元気をもらうの、と彼女は話した。映写機はあるかしら、と訊かれて、わが友はあると答え、取りに行った。数分後、われわれは、ブラジルのレコンカヴォ・バイアーノ地方にある小さな町、カショエイラにいた。

「カショエイラ！　おんぼろのバスで着いたの。リュックを背負って、宿泊所を探して少し歩いたら、がらんとした広場に行き当たった。夕暮れどきだったわ。熱帯の嵐が東の方から近づいてきていた。銅色の太陽が地面すれすれに走り、古いコロニアル風の邸宅が建ち並ぶ上に広がる真っ黒で巨大な雲にぶつかりそうになっていてね。すごくドラマチックな情景だと思わない？」そしてため息を一ついた。彼女の肌は輝き、美しい瞳は涙で潤んでいた。「そのとき、わたし、神の顔を見たのよ！」

22　カミーロ・カステロ・ブランコ、ポルトガルのロマン派の文豪（一八二五―九〇）。

ヤモリの哲学

この数週間、わたしはジョゼ・ブッフマンを観察して過ごしている。変化を見ているのだ。今の彼は、六、七か月前にこの家にやってきた男とは別人だ。何か、生物が変態する際に働く強い力のようなものが、彼の内面でも働いたかのようだ。おそらく、内部の見えないところで酵素が湧きたって内臓が溶ける蛹《さなぎ》のようなものだろう。われわれは誰でもつねに変異の過程にあるのだという議論もできるかもしれない。そう、このわたしとて、昨日のわたしとは違うのだ。わたしの内で変わらない唯一のもの、それは過去だ。人間であった前世の記憶。過去はつねに動じず、そこにあるのだ、美しいものも、怖ろしいものも、これからもずっとそこにある。

（と、フェリックス・ヴェントゥーラと知り合う前のわたしは信じていた）

歳を取ると、われわれに残るのは、近いうちにさらに老いるのだという確信のみである。あの人は若い、と言うのは、わたしには正確な表現とは思えない。あの人は今は若い、それならいい、床に落ちて砕ける数秒前のグラスが無事であるのと同じこと。脱線をお許し願いたい、しかし、ヤモリが哲学を語り出すとこういうことになるのだ。さて、それでは、ジョゼ・ブッフマンの話に戻るとしよう。なにも、あと数日のうちに、彼の内部から一匹の見事な蝶が色鮮やかな羽根を広げて出てくるだろうと言うつもりはない。わたしの言う変化はもっとささやかなものだ。まず、訛りが変化した。当初わたしの癇に障った、スラヴ系とブラジル系の中間のような、やや柔らかで、やや歯擦音の目立つ、あの発音が失われつつあった。代わりに聞こえるのはルアンダ訛りのリズムで、最近身に着けはじめた柄物のシルクのシャツやスポーツシューズとも釣り合いが取れている。以前より開けっぴろげな感じにもなったと思う。そして、あの笑い方は、もはやアンゴラ人だ。さらに、口髭をそり落とした。それで若々しくなっている。今夜、ほぼ一週間ぶりにここにやってきた彼は、フェリックスが玄関を開けたとたんに叫んだ。

「シビアに行ってきたぞ！」

興奮さめやらぬ様子だ。フェリックスの曾祖父がブラジルから持ってきた柳編みの玉座のごとき豪奢な椅子にどっかり腰を下ろした。脚を組み、またその脚を戻し、ウィスキーを所望する。わが友はむっつりとグラスを手渡した。神よ、この男はいったい何をしにシビアくんだりまで行ってきたのだ？

「親父の墓参りさ」

なんだって？　フェリックスはむせた。どの親父だって？　まさか作り話のマテウス・ブッフマンのことか？

「わたしの親父だとも！　マテウス・ブッフマンは、きみが作り出した人物かもしれない、しかも緻密に作られている。だがな、墓はあったのだよ、誓ってもいい！　本当に本物なんだ」

そう言うと封筒から十枚余りのカラー写真を取り出し、マホガニーの小さなテーブルのガラス天板の上に広げてみせた。一枚目には墓場が、二枚目には墓碑の一つが写っていた。「マテウス・ブッフマン。一九〇五―一九七八」。その他の写真には町の様子が写っていた。

a）　低い屋根の家並み。
b）　直線の道路。幅は広く、その先は緑の風景。
c）　直線の道路。幅は広く、その先は雲一つない穏やかな青空。
d）　赤土をつつき回る雌鶏たち。
e）　一人の老人（ムラート）。どこかのバーのテーブルに寂しげに座り、空の瓶に視線を落としている。
f）　花瓶に入ったしおれた花。

g) 鳥のいない巨大な鳥かご。

h) どこかの家の戸口で出番を待つ、履き古されたブーツ。

どの写真も、どこかくすんでいる。そこは終わっている、あるいは終わりかけている場所なのだが、ただ、なんの終わりなのかがわからない。

「ぼくは何度も言ったはずですよ、頼んだでしょう、忠告もした、絶対にシビアには足を踏み入れないでくださいって！」

「わかってるさ。だからこそ行ったんだ……」

わが友は頭を振った。激怒しているのか、面白がっているのか、あるいはその両方なのか測りかねた。そして、墓碑が写っている一枚をしげしげと見つめると、屈託のない笑顔を浮かべた。

「上出来だ。これはプロとして言っているんです。お見事ですよ！」

幻想

明け方、裏庭で、二人の少年が雉鳩《きじばと》の真似をしているところを見た。片方は石塀の上に載せた板にまたがっていて、片脚はこちら、反対の脚はあちらにあった。もう一人はアボカドの木にすでに登っていた。この子がアボカドをもいで次々に放り投げると、相棒は曲芸師のように器用にそれを宙で受け取り、袋に詰めていった。すると突然、葉陰で半分姿の見えない樹上の少年（わたしのところからは両肩と顔しか見えなかった）は、拳を口元に持っていくと鳥の鳴き真似を始めた。もう一人も笑って真似をした。するとそこに本当の鳥たちがいるかのようになった。一羽は石塀の上に、もう一羽はアボカドの木の一番高い枝にとまり、最後の暗い影を自分たちの歌の力で追い払っている。この光景はジョゼ・ブッフマンを思わせた。十九世紀の騎士のごとき見事な口髭をたくわえ、くすんだ色の古臭い仕立ての背広姿の、どこからどう見ても外国人だった彼

がこの家にやってきたのをわたしは見た。ところが今、ときおり玄関から入ってくる彼は、派手な色合いの柄物のシルクのシャツを着て、からからと笑い、そのふるまいには、この国生まれの人間特有の屈託のない無作法さがあった。もしも、わたしがこの目で二人の少年の姿を見ていなかったら、ただ耳で聞くだけだったら、この湿った明け方に雉鳩が鳴いていると思ったにちがいない。目の前に置かれたスクリーンを眺めるように過去を振り返ると、ジョゼ・ブッフマンはジョゼ・ブッフマンではなく、外国人がジョゼ・ブッフマンを模倣しているのだと知れる。だが、過去に目を瞑って、今まで一度も会ったことのない人間として今の彼を見ると、どこにも怪しいところはない。あの男は、これまでの人生でずっとジョゼ・ブッフマンだったと思うだろう。

わたしが死ななかった最初の死

ある日、かつて人間の姿をしていたときのことだが、自分を抹殺することにした。完全に死んでしまうつもりだった。永遠の生命、楽園と地獄、神と悪魔、輪廻転生、そうしたもののすべては、人間の果てしなく広がる恐怖が数世紀にわたってゆっくりと織り上げた単なる迷信であればと願った。銃器店でピストルを一丁購入した。その店はわたしの家の目と鼻の先にあるのだが、それまで足を踏み入れたことはなく、店主はわたしが誰なのかも知らなかった。それから推理小説を一冊とジンを一瓶買った。海辺のホテルに行き、いやいやながらジンを一気飲みし（アルコールを飲むと必ず気分が悪くなるのだ）、ベッドに横たわって小説を読んだ。ジンと単純な筋書きの相乗効果で、首筋に銃口を当て、引き金を引くのに必要な勇気が湧くだろうと考えたのだ。ところが、小説は悪くなかった。つい最後まで読んでしまった。最後のページを読んでいると、

雨が降り出した。降っているのは夜のようだった。つまり、空から落ちてくるのは、星々が航海している、暗く眠たげな大海の飛沫であるかのようだったのだ。わたしは、星が落ちてくるのを見ようと待った。ガラス窓にぶつかり、派手に光ってがしゃんと音を立てて壊れていくのを。星は落ちてこなかった。わたしは明かりを消した。ピストルを首筋に当てて、
そのまま眠った。

夢　第三番

フェリックス・ヴェントゥーラとお茶を飲む夢を見た。二人でお茶を飲み、トーストを食べ、話をしていた。場所はアールヌーヴォー風に装飾されたどこかの広いサロンで、壁はいくつもの厳めしげな紫檀の額に入った鏡に覆われていた。翼を広げた二人の天使が描かれた美しいステンドグラスの窓から、幸福感に満ちた光が射し込んでいた。室内にはほかにもテーブルがあり、そこに座る人たちもいたのに、彼らには顔がなかった、というか、わたしには顔が見えなかったというだけのことだが、いずれにせよ、存在を示すものは彼らの軽いささやきだけだったので、どちらでも同じことだった。あちこちの鏡に映る自分の姿が見えた。背が高く面長の、肉づきがいいわりには疲労感が漂って生白い、ほかの人類からの隠しきれない侮蔑の念を感じ取っている男。それはわたしだった。そう、もうずいぶん昔の、胡散臭い栄光の時にあった三十代のわたしだ。

「きみは彼を、あのおかしなジョゼ・ブッフマンを創造したのに、彼はいまや自分自身を創造しているじゃないか。わたしには、あれは生物的変態の一つに見えるがね……生まれ変わりだ。というより、憑依だ」

わが友はぎょっとしてこちらを見た。

「どういう意味だ?」

「ジョゼ・ブッフマンのことだよ、わからないのか? あいつの外国人の肉体はどろどろに溶けたんだ。あいつは日を追うごとに本物らしくなってきている。もう片方の男、昔いたほうだ、八か月前にわれわれの家に現れた、夜のような男、よその国というより、よその時代からやってきたようなあの男、あいつはどこに行ったんだ?」

「これはゲームだ。ぼくはこれがゲームだとわかっている。みんなわかっている」

フェリックスは自分のカップにお茶を注いだ。角砂糖を二つ選んで入れ、かき回した。目を伏せて飲む。わたしたちは二人の紳士だった。良き友人が二人で白い服を着て、洒落たカフェでお茶を飲んでいる。二人でお茶を飲み、トーストを食べ、話をしていた。

「そうかもな」とわたしは同意した。「ただのゲームでしかないと認めるとしよう。では、あの男は誰なんだ?」

わたしは額の汗を拭った。自分に度胸があると感じたことは一度もない。おそらくそのせいでいつも（前の人生での話だが）、英雄や暴れ者たちの波乱万丈の人生に、つい惹かれるのだろう。わたしは飛び出しナイフを蒐集していた。将軍だった祖父の武勇伝を大げさに吹聴したものだ。今は、そんなことを自慢していたのが恥ずかしくてならないが。豪胆な男たちと親交を深めたこともあるが、残念ながら、なんの役にも立たなかった。度胸は伝染しない。恐怖は、する。フェリックスは、わたしの恐怖心のほうが彼のそれよりも強く、さらには昔からのものだと気づいてほほ笑み、こう言った。

「見当もつかないな。きみは？」

そして、話題を変えた。数日前、祖国を追われた作家が新しい小説を発表したというので、その出版記念会に顔を出したことを彼は話しはじめた。その作家は、いつでも何かに憤慨している好戦的な男だった。祖国の恐怖をヨーロッパの読者に売って、作家としての地位を外国で確立してきたのだ。悲惨な話は金持ちの国では高く売れるのだ。司会は与党の議員でもある地元の詩人で、彼の新作と文体や語りの力強さなどを褒めちぎりながらも、国の近現代史については作り話があると非難もしていた。議論が始まるやいなや、同じく議員であり、文士というより革命家として名高い詩人がさっと手を挙げた。

「あなたは、どの小説にも虚実を混ぜていますが、あれは意図的ですか、それとも無知ゆえですか？」

笑い声があがった。この意見に賛同するつぶやきもあった。作家は三秒ほど逡巡してから反論に入った。

「わたしは生まれつきの嘘つきでね」と、作家は言い放った。「嘘をつくのが喜びなのだ。文学とは、真のほら吹きが社会に認めてもらうための手段だからね」

そして、そこで真顔になり、声を低めてさらにこう言い添えた。独裁制と民主主義の大きな違いとは、独裁制においてはただ一つの真実しかないことだ、権力によって押しつけられた真実だ。それに比べて自由な国々では、個人がそれぞれ、起きたことについて独自の見解を述べることができる、と。真実など迷信だ、と彼は言ったそうだ。フェリックスはこの考えに感銘を受けた。

「ぼくのやっていることは、文学の進んだ一形態だと思う」と、そっと打ち明けた。「ぼくも筋書きを練り、人物を創るけれど、ぼくは彼らを本の中に縛りつけず、命を与え、現実へと放り込むんだ」

＊＊＊

わたしは、報われぬ恋というものに共感を覚える。その件に関して、わたしは専門家なのだ。というかそうだったのだ。フェリックス・ヴェントゥーラがじっくりとアンジェラ・ルシアを囲い込もうとする手段には、心を動かされるものがある。フェリックスは、彼女に毎朝花を送る。わが友が玄関を開けるや、彼女は笑いながら文句を言った。もちろん、陶器のような美しい薔薇は素敵だと思う、でもやっぱり人工的で大げさな感じがする、なんというか、ドラアグ・クイーンみたいで。蘭もきれいだけど、雛菊のほうが好みなの、素朴で、飾らない美しさがあるでしょう、と。ああ、お花をもらうのはうれしいの、だけどもうこれ以上送らないで、たくさんありすぎてどうしたらいいかわからないんだもの。アーバン・グランド・ホテルの彼女の部屋は、種類も香りもさまざまな花が一つ所に集められたせいで、空気が重たく、息苦しくなっていた。フェリックスはため息をついて言った。できることなら、きみの通るところすべてに薔薇の花びらの絨毯を広げたいのに。小鳥たちのオーケストラを指揮して、空には虹を一つ、また一つと架けていきたい、と。どれほど滑稽でも、愛の告白には女心を動かす力がある。アンジェラ・ルシアの心も動いた。彼の額にキスをした。それから、ここ数週間で撮りためた写真を彼に見せた。雲だ。

「夢の出口みたいに見えない？」

フェリックスは身震いした。

「夢を見るんだ。ときどき、ちょっと奇妙な夢を見る。昨日はあいつの夢を見たよ……」

そう言って、わたしを指さした。わたしは心細くなり、あわてて天井近くの隙間に逃げ込んだ。

アンジェラ・ルシアは叫んだ。子どものように甲高い叫び声は、いかにも彼女らしい。

「ヤモリね？　わあ、素敵！」

「普通のヤモリじゃないんだよ。この家にもう何年も住んでいるんだ。夢の中では男の姿をしている。ちょっと太めで、しかもその顔がね、どこか見覚えがあるんだ。ぼくたちはカフェにいておしゃべりしていた……」

「あちらの世界を覗けるようにと、神はわたしたちに夢を与えてくださったのよ。神と話すため。ひょっとしたら、それがヤモリなのかも」

「まさか、そんなこと信じちゃいないよね？」

「もちろん、信じていますとも。わたしはね、もっと変てこなことだって信じるの。わたしが何を信じているか知ったら、この女、いろんな怪物のでっかいサーカスを一人でやってるのかって、きっと思うわよ。それで、あなたとヤモリは二人で何を話したの？」

ウィンドチャイム

ベランダ、窓の外側には、数十個の陶製のウィンドチャイムが天井から吊るされている。フェリックス・ヴェントゥーラが旅先で買ってきたのだ。ほとんどがブラジルのもので、色鮮やかな鳥が多い。貝もある。蝶。熱帯魚。ランピアォン[23]と陽気なその一味。そよ風がそれらのチャイムを揺らし、清らかな水の音を作り出すので、いつもこの時刻になると吹く風のおかげで、この家の秘密の顔を思い出す。

この家は、川を上る（声を満載した）船だということを。

昨日は、いささか妙なことが起きた。フェリックスはアンジェラ・ルシアとジョゼ・ブッフマ

23　一九二〇―三〇年代に実在したブラジル北東部の盗賊団（カンガッソ）の首領。本名ヴィルグリーノ・フェレイラ・ダ・シウヴァ（一八九七―一九三八）。死後、義賊として民族的英雄のシンボルとなった。

ンを夕食に招いた。わたしは本棚の高みに身を隠した。そこからなら、誰の目にもとまらずに落ち着いてすべてを見渡せるのだ。ジョゼ・ブッフマンが先に到着した。高笑いしながら入ってくると、彼と彼のシャツ（プリントされた椰子の木、オウム、紺碧の海）は突風のごとく居間を通りぬけ、廊下を駆け、台所へと入っていった。飲み物の入っている棚からウィスキーの瓶を選び出した。それから冷蔵庫を開け、氷を二片取り出して大きなグラスに入れ、たっぷりと酒を注ぐと部屋に戻ってきたが、その間ずっと、大きな声で、その朝あやうく車にひかれて死にかけたと笑いながら話していた。アンジェラ・ルシアは緑のワンピース姿で、静かに姿を現した。一日の終わりの光を、その手に携えていた。彼女はジョゼ・ブッフマンの目の前で足を止めた。

「あれ、知り合いだったかな?」

「ううん、そんなことない」と、アンジェラは素気なく言った。「と、思うけど」

ジョゼ・ブッフマンの口調はさらに曖昧だった。

「わたしには知らない人間がたくさんいるからなあ!」と言うと、自分で自分の冗談に笑った。

「人気者じゃなかったもんでね」

アンジェラ・ルシアは笑わなかった。ジョゼ・ブッフマンは不安げに彼女のほうを見た。彼の発音には、あの最初のころの柔らかな歯擦音が戻っている。そして、自分は、あるいかれた男を撮るために数日前にここにやってきたのだと話しはじめた。それは、街をあてどなく徘徊する、無数の不運な男たちの一人なのだが、その男のもつ独特の威厳に惹かれているのだ、と。その日の朝、まだかなり早い時間に、彼、ジョゼ・ブッフマンはアスファルトの真ん中でうつ伏せになって、その老人が寝床にしているらしい側溝から起き出してくる写真を撮ろうと待ち構えていた。すると、こっちに向かって走ってくる車に気づいた。キヤノンをしっかり抱えて歩道まで転がって、からくも悲惨な死から逃れた。フィルムを現像してみて、転がりながらシャッターが三回切られていたことに気づいた。二枚はどうにもならない写真だった。一枚には泥、もう一枚には空の一部が写っていた。ところが、最後の一枚には車体の金属の一部と、後部座席に座る客の無表情な顔がはっきりと見えた。その三枚を見せてもらったフェリックスは、ひゅうと口笛を吹いた。

「おいおい《ポピラス》！　大統領じゃないか！」

アンジェラ・ルシアは、それよりも空の一片のほうに気を取られていた。

「この雲、気がついた？　蜥蜴みたい」

ジョゼ・ブッフマンはそのとおりだと言った。蜥蜴、あるいは鰐を思わせる、だが、移ろいやすい雲の形には、それぞれが好きな形を見るものだ、とも。大きな土鍋を両手で持ったフェリックスが台所から戻ってくると、すでに二人ともテーブルについていた。ブッフマンは唐辛子とレモンを所望し、もっちりとしたフンジ[24]の食感を褒めた。少しずつ、快活な笑いと、ルアンダ訛りを取り戻していた。アンジェラ・ルシアは優しく潤んだ瞳で彼を見ていた。

「外国に長いこと住んでいらしたとフェリックスから聞いてます。どの国にいらしたの？」

ジョゼ・ブッフマンは一瞬ためらった。戸惑った様子で、助けを求めるようにわが友のほうに顔を向けた。フェリックスは気づかないふりをしていた。

「そうですよ、そういえば、この数年間どこに行っていたか、まだ聞いていなかったなあ」

そう言って柔和な笑みを浮かべた。他人に冷酷な仕打ちをする喜びを、今、初めて味わっているかのように。ジョゼ・ブッフマンは深々とため息をつくと、椅子に背を預けた。

「この十年は、住所不定であちこちにいたんだ、世界中をうろついて戦争を撮っていた。その前はリオ・デ・ジャネイロにいたが、さらにその前にはベルリン、もっと前はリスボンにいた。ポルトガルに渡ったのは六〇年代だな、法律を学ぶためだが、空気が肌に合わなくてね。あまりにも退屈で。ファドとファティマとサッカー[25]しかない。冬になると、死んだ海藻のような雨が空から落ちてくる。もっとも雨が降るのは冬だけじゃなかったが、通りは暗くなる。人々は底なしに陰気だ。犬ですら窒息するよ。それで逃げたんだ。まずはパリに行って、そこから友人と一緒にベルリンへ。ギリシャ料理の店で皿洗いをしたよ。高級娼館の受付をしたこともある。ドイツ人にポルトガル語を教えたし、バーで歌ったりもした。画家志望の学生たちのモデルになってポーズもとった。あるとき、友人にキヤノンF1をもらった。今もそれを使っているんだが、それがきっかけで写真家になった。一九八〇年にはアフガニスタンで、ソヴィエト側にいた。エルサルバドルではゲリラ側に、ペルーではどちらの側にもいたし、フォークランド諸島でも両方の側にいた。イラクと戦争していたときのイランにもいたし、メキシコではサパティスタ[26]と共にいた。イスラエルでもパレスチナでも写真をたくさん撮った。撮りまくった。仕事には事欠かなかったからな」

アンジェラ・ルシアはほほ笑んでいたが、またぴりぴりしていた。

「そこまで！　あなたの記憶でこの家を血で汚したくない」

フェリックスはデザートの準備をするために台所に戻った。二人の客は向かい合って座ったままだった。どちらも口をきかない。二人の間に横たわる沈黙は、たくさんのささやきと、影と、はるか昔に起きた、暗いひそやかなことで満ちていた。あるいは、そんなことはなかったかもしれない。二人は、話題もなく、ただ黙り込んで向かい合っていただけなのかもしれない、そして、わたしが勝手にその先を想像しただけなのかもしれない。

24　アンゴラの主食のひとつで、トウモロコシやキャッサバの粉を餅状にしたもの。
25　ファド、ファティマ、サッカー（フットボール）は「三つのF」と呼ばれ、一九三三—七四年の独裁体制下で民衆の関心を政治から遠ざけるために政府が利用したと言われている。ファドはポルトガルの民衆音楽、ファティマは一九一七年に聖母が顕れたとされる巡礼地。
26　メキシコのチアパス州で一九九四年に蜂起したゲリラ集団。

夢　第四番

板敷きの歩道を歩く自分の姿が見えた。うねうねと曲がる歩道は砂の上から一メートルばかり浮かせて設置してあり、どこに続くのか、途中で高い砂丘の間に入り、見えなくなったかと思えば、その先にまた現れる。ところどころ、草や灌木で隠れてはいるが、ほかはすっかり見えていた。わたしの右手にある海は、なめらかで、きらきらと輝き、トルコ石のように青い。土産物の絵葉書のような、あるいは幸せな夢で見るような海は、熱された海藻や潮の匂いを漂わせていた。一人の男がわたしに向かって歩いてきた。顔を見る前から、それがわが友、フェリックス・ヴェントゥーラだとすぐにわかった。太陽を眩しがっていた。真っ黒のサングラスをかけて、生麻のズボンを穿き、同じ麻のシャツの裾は外に出していたので、風を受けて旗のようにはためいていた。洒落たパナマ帽を被ってはいたが、厳しい日差しを避けるには充分ではなかった。

「ぼくは色のない人間なんだ」と、わたしに言った。「きみも知っているように、自然とは空虚を恐れるものだ」

わたしたちは二人でベンチに腰掛けた。歩道の上に作られた、広々として快適なベンチだ。海は静かに、わたしたちの足元に波を寄せてきていた。フェリックス・ヴェントゥーラは帽子を脱ぐと、それで広い顔を扇いだ。皮膚が桃色につやつやと光っているのは、汗で濡れているからだ。彼を気の毒に思った。

「寒い国であれば、明るい肌の色の人たちも厳しい太陽に苦しめられることはないだろう。スイスにでも移住したほうがいいんじゃないか。ジュネーヴに行ったことはあるかい？　わたしはジュネーヴにぜひ住んでみたい」

「ぼくの問題は太陽じゃないよ！」と言い返された。「ぼくの問題は、メラニンが不足しているってことなんだ」そして笑った。「魂なきものはみな、日光によって色が褪せ、命あるものは色濃くなるってこと、気づいてた？」

彼には魂がない、命がないということか？　そんなはずはないと、わたしは強く否定した。彼ほど生命力に溢れた人間には会ったことがないのだから。わたしから見れば、彼の中には命が一つどころか、たくさんありそうなのだ。彼の中にも、その周りにも。フェリックスはわたしをじっと見つめた。

「失礼だが、名前はなんていうんだい？」

「名前はない」とわたしは答え、誠実に言った。「わたしはヤモリだ」

「そんなばかな。ヤモリである人なんて誰もいないはずだ！」

「それはそのとおり。誰もヤモリではない。それで、きみは――本当にフェリックス・ヴェントゥーラというのかい？」

彼は質問に気を悪くしたようだった。ベンチの背にもたれかかると、空の底知れぬ深淵に目を向けた。跳ね飛んで空の中に入っていってしまうのでは、と不安がよぎった。わたしはあそこには行ったことがない。前世で、あそこにいたことは一度たりとも思い出せない。巨大なサボテンが砂丘の間から伸びていた。高さが数メートルあるものもあり、わたしたちの背後で、サボテンたちもまた、海の清らかな輝きに目を眩ませていた。フラミンゴの一群が静かな炎となって青い空を滑り、まさにわたしたちの頭上を渡っていったので、これは本当に夢なのだと確信した。フェリックスは、ゆっくりとこちらを向いたが、目は潤んでいた。

「これが狂気ってものかな？」

なんと答えればよいのか、わからなかった。

エウラリオ、それはわたし

次の夜、フェリックスはアンジェラ・ルシアに同じことをもう一度訊ねた。その前には、当然、またわたしと一緒にいる夢を見たという話をしていた。アンジェラ・ルシアが深刻なことを言いながら笑ったり、あるいはその反対に、真面目な顔をしながら相手をからかったりするのを、これまで何度か目にしている。彼女が何を考えているのか、いつもわかるわけではない。その夜は、わが友の戸惑う視線を前に、彼女は笑い出してますます彼を不安にさせたが、次の瞬間には真剣そのものという顔でこう訊いた。

「それで、名前は？　その人、自分が何者かをあなたに明かしたの？」

名前で何者かがわかるものか！　とわたしは強く思った。

「名前で何者かがわかるものか！」とフェリックスが答えた。

その答えにアンジェラ・ルシアははっとした。フェリックスも驚いていた。彼は、深淵を覗くようにして彼女を見た。彼女は甘くほほ笑んだ。右手をフェリックスの左腕に置いた。アンジェラが何ごとかをささやくと、彼は力が抜けた。

「いや」と、ため息をもらすように彼は言った。「何者かはわからない。だけど、ぼくが彼の夢を見るんだから、名前をつけてもいいよね？　これからはエウラリオ[27]と呼ぼう、彼は上品な話し方をするからね」

エウラリオだって？　いいじゃないか。よし、これからわたしはエウラリオだ。

子ども時代に降る雨

雨だ。ぼったりとした雨粒が強風に流されてガラス窓にぶつかる。フェリックスはといえば、嵐を前にして座り、フルーツシェイクをスプーンでゆっくりとすくいながら味わっている。これが、このところの夕食なのだ。パパイヤをフォークで刻み、そこにパッションフルーツを二個、バナナを一本、レーズン、松の実を混ぜ、さらにミューズリー（英国のメーカーのもの）を大きなスプーンで一杯加え、最後に蜂蜜をたらす。

「蝗《いなご》の話は、したかな」

その話は聞いた。

27　エウラリオとは「洗練された話し方をする」という意味のギリシャ語に由来する名前。

「こんなふうに雨が降ると、蝗を思い出す。ここじゃない、ルアンダではない、当たり前だよね、あんなのはここでは見たことないもの。ぼくの父、ファウスト・ベンディートは、母方の祖母から受け継いだ小さな農園をガベラに持っていた。休暇になると、そこで過ごしたんだよ。ぼくにとっては楽園に行くようなものだった。労働者の子どもらと日がな一日遊びほうけていたが、そこには白人の男の子も一人、二人混じっていてね、土地の子で、キンブンド語（アンゴラ北西部で話されるバントゥー語族の言語）も話せたよ。インディアン対カウボーイの闘いごっこをしたものさ、自分たちでパチンコだの矢だのを作ったし、空気銃まで作った、ぼくが一丁、別の子ももう一丁持っていて、ぼくらはアフリカナツメもいつも持ち歩いていた。アフリカナツメって知らないだろう、小さな赤い実で、大きさはちょうど弾丸くらい。弾にするのにうってつけで、当たると、パン！と弾けて、血のように真っ赤な染みが服につく。こんな雨が降ると、ガベラを思い出すな。キバラ[28]の町を出てすぐの道路に沿って生えているマンゴーの木々。キバラ・ホテルの朝食で出るようなオムレツは、どこでも食べたことがない。ぼくの子ども時代は、おいしいもので満ちているんだ。ぼくの子ども時代は、いい匂いがする。それから、そう、蝗のこともよく覚えている。蝗が降ってきた午後のことだ。草原に落ちてきた蝗は呆けたようになっていてね、初めのうちは、一匹がそこに、もう一匹があそこに、って具合に落ちてきて、瞬く間に鳥たちに呑み込まれていった。そのうちどんどん闇が迫ってきて、すべてを覆ったかと思うと、幾重にも重なる怖ろしげなものに姿を変えて、怒り猛った羽音を轟かせるので、ぼくたちは身を隠すために慌てて家に逃げ込んだ。その間にも、木という木から葉っぱがなくなり、草原は消え失せていき、ほんの数分で、あの、動く火事みたいなあれに、何もかも食い尽くされてしまった。翌日、緑のものはことごとく消えてなくなっていたよ。ファウスト・ベンディートは、緑の荷車まで蝗に食い尽くされて消えていくところを見たって言っていたけど、それはほら話だろうな」

わたしは楽しく耳を傾けた。フェリックスは、本当にそんな日々を過ごしたかのように子ども時代を語るのだ。彼は目を閉じ、ほほ笑みを浮かべる。

「目を閉じると、蝗が空から落ちてきた日がよみがえるよ。キソンデという攻撃的な蟻は知ってる？　キソンデは夜に降りてきた、地獄に続くどこかの扉から降りてきて、どんどん増えた。一万、百万と、殺せば殺すほど増えるんだ。ある夜、咳き込んで目が覚めた。ひどく息苦しいし、目は焼けるようだし、いつの間にかぼくは戦闘の煙の中にいた。ファウスト・ベンディート、ぼくの父がパジャマ姿で、ごま塩頭の縮れ毛は乱れ、水の入ったバケツに裸足を浸して、殺虫剤のボンベを手に、蟻の波との闘いの真っ最中だった。ファウストは使用人たちに煙の中から指示を飛ばしていた。子どものぼくは大喜びで、笑いに笑ったよ。それから眠って、キソンデの夢を見

28　ガベラから西に八十キロほど離れた町。

て、目が覚めたら、奴らはまだいるじゃないか、あのもうもうとした煙の中で、何万匹というちっちゃな粉砕機が、憤怒に目を眩ませ、古代から腹を空かせているとでもいうかのようにうごめいていた。眠っている間、夢を見ると、奴らはぼくの夢にまで入り込んできてね、それで、奴らが壁をよじ登り、鶏小屋の雌鶏や鳩小屋の鳩を攻撃するのを見た。犬は前脚をしきりに嚙んでいた。狂ったようにぐるぐる回りながら叫び、唸り、自分の肉に嚙みついている。キソンデを自分の指ごと嚙みちぎっていたんだ。中庭は血だらけになり、血の臭いで犬たちはますますおかしくなった。エスペランサ婆さんは、当時はまだそこまで婆さんでもなかったけど、懇願して叫んだよ。『なんとかしてやってください、だんなさま！　あの子たち、あんなに苦しんでいて』その後、覚えているのは、父が猟銃を手にしたこと、ぼくにそれを見せるまいとした婆さんに部屋まで引きずられていったこと。ぼくはエスペランサ婆さんに抱きついて、何も聞こえないように胸に顔をうずめたんだけど、無駄だった。今だって、目を瞑れば見えるんだよ。ぜんぶ聞こえるんだ、信じられるかい？　今でも、犬たちが死ぬ間際に鳴き叫んだ声が聞こえる。こんなことは言うべきじゃないとはわかっている、きみには理解できないかもしれない、けれど、ぼくが泣けてくるのは、気の毒な父じゃなく、犬を思ってなんだ。朝起きて、頭を振る、シーツを振る、そうすると死んだ蟻がばらばらと落ちてくる、死にかけの蟻もいて、奴らはそれでも宙に嚙みついている、太い鉄のペンチみたいな歯で空気をカチカチやっていやがる。幸い、それから雨が降ったんだ。雨は、輝く空を切ってやってきて、ぼくらは清らかな大粒の雨が降る中でぴょんぴょん飛び跳ね、濡れた地面の匂いをむさぼった。最初の雨は白蟻も連れてきた。白蟻は、夜の間は街灯の周りを濃霧のように飛び、羽が落ちるまで柔らかな羽音を響かせていたから、朝になると、道路は軽くて透明な羽の絨毯が敷いてあるみたいだった。白蟻や蝶は、悪意のない生き物としか見えなかった。昔話は、『いつまでも幸せに暮らしましたとさ』で終わるよね、王子さまとお姫さまは結婚して、たくさん子どもが生まれて。現実の人生では、当然ながらそんな筋書きなんてあるわけない。お姫さまはボディガードと結婚したり、空中ブランコ乗りと結婚したりして、それでも人生は続いて、別れるまで二人は不幸せに暮らすのさ。それから何年かすれば、ぼくらと同じく、彼らも死ぬ。ぼくらが真の意味で幸せなのは、永遠の中にいるときだ、何もかもがいつまでも続くところに住んでいるのは子どもだけなんだから。ぼくだって、子ども時代はいつまでも幸せだった、あのガベラで、夏休みの間にアカシアの木の枝に小屋を建てようとしていたときとか。ちょろちょろ流れる小川の横で、ぼくはいつまでも幸せだった。名前なんて御大層なものはついてない、ささやかな水の流れだよ、それでも、ぼくらはこれはただの小川じゃない、れっきとした川なんだって自慢に思っていたのさ。川はトウモロコシやキャッサバの畑の間を流れていて、ぼくらはそこでオタマジャクシをつかまえて、手近にあるものを使って蒸気船を作って流し、夕方、労働者の女性たちが水浴びするのを覗き見したりもした。ぼくは犬のカビリと一緒で幸せだった、ぼくらはいつまでも幸せだった、長い午後、雉鳩や兎を追いかけたり、背の高い草むらでかくれんぼをしたりして遊んだものだ。プリンシペ・ペルフェイト号の甲板で、ルアンダからリスボンへの永遠の旅の間、ぼくは幸せだった、空き瓶に無邪気な手紙を入れて海に流したりもした。『この瓶を見つけたら、手紙をください』ってね、でも誰からも手紙は来なかった。教理問答の授業では、年寄りの神父が消え入りそうな声とくたびれた目で、永遠とは何かを、自信なさげに説明しようとしていたな。ぼくは、つまりは夏休みのことかと思っていたんだ。神父が天使の話をすれば、雌鶏のことを思った。今もまだ、ぼくが知るかぎり、天使に一番似ているのは雌鶏だと思っている。神父が天上の幸福について語れば、陽だまりで土を蹴り、砂浴びをし、ガラス玉のような目に恍惚を浮かべる雌鶏の姿が浮かぶ。雌鶏のいない楽園なんて想像できない。全能の神だって、ふわふわの雲の寝床にだらしなく横たわり、たくさんの雌鶏の群れに囲まれている姿以外、想像できない。だいたい、悪い雌鶏なんて見たことないよ、きみはある？　雌鶏は、白蟻や蝶と同じで、悪とは無縁なんだ」

雨がさらに激しくなった。ルアンダでこんな降り方をするのは珍しい。フェリックス・ヴェントゥーラはハンカチで顔を拭った。古風な模様が描いてあり、片隅に名前が刺繍してある大きな綿のハンカチを、彼は今も使う。彼の子ども時代がうらやましい。嘘かもしれない。それでも、うらやましい。

生と本とでは

子どものとき、まだ字が読めなかったころのわたしは、わが家の図書室の床に座り込み、挿画のたくさんある分厚い百科事典をめくって何時間でも過ごしたものだ。その間、父は四苦八苦しながら詩を書いていたが、たいていは、賢明にも後日破り捨てていた。後年、学校に通うようになると、図書室はわたしの避難場所になった。同じ年ごろの男の子たちが好む乱暴な遊びから逃げてきたのだ。わたしは内気で線の細い少年だったので、からかいの標的になりやすかった。成長して——普通よりもやや成長しすぎたのだが——身体も一人前になったが、相変わらず消極的で、冒険とは無縁だった。図書館員として数年間働いたが、あの時代のわたしは幸せだったと言える。その後もわたしは、今も含めてずっと幸せだ。このちっぽけな肉体に閉じ込められながら、一つ二つの平凡なロマンスを眺めて他人の幸せに付き合っている。偉大な文学作品で幸せな恋愛

を描いたものは少ない。ああ、そう、今でもわたしは本を読む。黄昏どきには本の背表紙から背表紙へと渡り歩く。夜は、フェリックスが枕元のテーブルに開いたままにした本を楽しむ。なぜだか自分でもわからないが、今は、リチャード・バートンによる『千夜一夜』の英訳が読みたくてしかたない。あれを初めて読んだのはたしか八つか九つのときだ、当時はまだ猥本とされていたので、父に隠れてこっそりと読んだのだ。『千夜一夜』の再読は叶わないが、その代わり、新しい作家を見つけた。たとえば、ボーア人のクッツェーだ、冷酷さと精緻さ、救いのない絶望が喜ばしい。これほど素晴らしい作品を、スウェーデン人が顕彰したと知ったときは驚いたものだ。

狭い裏庭と井戸、泥の中で眠る亀のことを思い出す。柵の向こうを、賑やかな人々が歩いていた。さらに思い出すのは家並みだ。低い屋根で、日暮れどきのさらさらとした（砂のような）光に沈んでいた。母はいつもわたしの隣にいた。か弱くも強い女性で、世界と、そこにある無数の危険を怖れよと教えてくれた。

「現実とは、苦痛に満ちた不完全なものよ」と、母は言ったものだ。「それが現実の性質なの。だからこそ、わたしたちは現実と夢を分かつ。何かがとても美しく見えるとき、これは夢に違いないと思い、夢じゃないと確信するために自分をつねるでしょう。痛いから、これは夢じゃないんだって。夢みたいだと思うときですら、たとえ一瞬だとしても、現実には痛みを伴うということよ。本には実在するすべてがあり、その多くには偽りのない色彩があり、現実に存在するあらゆる痛みがあっても、実際の痛みは伴わない。生と本とでは、どちらを選ぶかと訊かれたら、いいこと、本を選びなさい」

わが母！　これから先は、ただ、母さん、と呼ぶことにする。

田舎道をバイクで疾走する若者を想像してみよう。風が頬を打つ。若者は目を閉じて両手を広げ、映画のワンシーンのように、世界との一体感を生き生きと感じる。その先の十字路に近づいているトラックは見えない。幸福な死だ。幸福とは、たいていの場合、無責任だ。わたしたちは、目を閉じているほんの数秒間は、いつも幸福なのだ。

小さな世界

ジョゼ・ブッフマンは、居間の大きなテーブルの上に写真を白黒でコピーしたＡ４のマット紙をばらばらと広げた。ほとんどの写真に同じ男が写っている、年配で背が高く、痩せていて、真っ白な髪を太い三つ編みにして胸の前に垂らしているが、もじゃもじゃの顎鬚で三つ編みの先は隠れていた。写真の男は、ぼろぼろの黒っぽいＴシャツ姿で、胸元に鎌と槌のマークが見て取れる。高く上げた頭と怒りに燃える両目が、不遇をかこつ、かつての王子のごとき風情を醸している。

「この数週間ずっと、朝も夜もこの男にどこでもついて回っていた。見るかい？　野良犬の視点から見たこの街を見せてやろう」

a) 殺伐とした道を歩く老人の背中。
b) 廃墟となった建物、壁には点々と銃痕が残り、か細い鉄骨が野ざらしになっている。壁の一つに、フリオ・イグレシアスのコンサートのポスター。
c) 高い建物に囲まれた場所でサッカーに興じる子どもたち。どの子も透き通りそうなほどがりがりに痩せている。みんな夢中で遊んでいて、舞台上のバレリーナのごとく、舞い上がる埃の中で宙に浮いている。例の老人が石の上に座って子どもたちを眺めている。ほほ笑んでいる。
d) 錆びついてがらくたと化した戦車の陰でうたた寝する老人。
e) 大統領の像に向かって小便をする老人。
f) 地面に呑み込まれる老人。
g) 不服従の神のごとく側溝から姿を現す老人。逆立つ髪の毛は柔らかな朝日を受けて輝いている。

「このルポルタージュをアメリカの雑誌に売った。明日、ニューヨークに向けて発つ。一、二週間ばかり、向こうにいる予定だ。あるいはもう少しかかるかもしれん。わたしが何をするつもりか、当ててみるかね?」

フェリックス・ヴェントゥーラは答えるつもりもなかった。頭を振り振り、こう言った。

「冗談もほどほどにしてくださいよ！　馬鹿げたことだってわかっているでしょう?」

ジョゼ・ブッフマンは笑った。穏やかな笑い声だった。おそらく冗談だったのだろう。

「もうだいぶ前になるがね、ベルリンにいたとき、一本の電話をもらって仰天したことがある、かけてきたのは幼馴染、懐かしき故郷シビアの友だちだったのさ。二日前にルバンゴ[29]を出て、ルアンダまでバイクで行き、リスボンまで飛んで、さらにリスボンからドイツまでやってきた、戦争から逃げてきたと言う。従兄が待っていてくれるはずだったのに、誰もいなかったものだから、自力で従兄の家を探そうと空港を出て、迷ってしまったらしい。慌てふためいていたな。英語は一言も話さないし、ましてやドイツ語なんてとんでもない、そのうえ大都会に足を踏み入れたことすらない人間だ。とにかく落ち着かせようとした。『どこから電話してるんだ?』と訊くと、『電話ボックスだ』と言う。『ちょうどおまえの番号が手帳にあったんで、かけてみたんだ』と言うので、『よくやった』と答えてやった。『そこから動くな。何が見えるかだけ言うんだ。何か変わったものはないか、目印になるような、そうしたら、そこがどこだかわかるかもしれん』『変わったもの?　そうだな、道の反対側には点いたり消えたりする電灯がある、緑、赤、緑、小男

29　アンゴラ南西部に位置するウイラ州の州都で、アンゴラで二番目に大きな都市。

が歩いている絵が浮かび上がる』」

ジョゼ・ブッフマンは、受話器に必死でしがみついている友の、間の抜けたお国訛りと必死な声音を真似しながら、この小咄を語った。そしてまた笑い出し、今度は涙が出るまで大笑いした。フェリックスに水を一杯くれと頼んだ。水を飲むうちにだんだん落ち着いてきたようだ。

「そうとも、兄さん、ニューヨークは巨大都市だ。だが、もしもわたしがベルリンで信号機を見つけ、電話ボックスを見つけ、そしてそこに鎖で繋がれた男《アコレンタード》を見つけたとしたら？　ちなみに、シビア生まれの男のことをそう呼ぶんだとさ、知ってたかい？　わたしがベルリンで電話ボックスを見つけ、その中でわたしをじっと待っているアコレンタードを見つけられたなら、ニューヨークでエヴァ・ミラーって名前のインテリアデザイナーを見つけることだってできるに違いない。なんたって自分の母親なんだからな！　十五日間で、必ずや見つけてみせる」

＊＊＊

「友よ、

この手紙を読むきみが元気でやっていることを願う。いや、今書いているこれが手紙ではなくてメールだってことはわかってるさ。今日び、手紙を書く人間なんていやしないんだから。わたし自身、本音を言えば文通の時代に郷愁を覚えている、本物の手紙だ、上質な便箋に、香水を一滴たらすことだってできる、あるいは押し花、きれいな羽根、髪の毛の一束を同封することもできる。配達人が家まで手紙を持ってきてくれた時代を思うと、小さな懐旧の念を覚えるよ、手紙を受け取るとき、それを開けるとき、読むときのあの嬉しさ、驚きもあった、そして返事を書くときには、言葉を選び、その重みを量り、手紙が運ぶ光や灯りを吟味し、それが放つ香りを感じたものだ、なぜなら、これらはその後、手で重さを量られ、隅々まで読まれ、匂いを嗅がれ、味わわれ、さらに、ひょっとしたら、そのうちの数通は時を越え、何年も経ってふたたび読まれることがあるかもしれないとわかっているからだ。このメールとやらの、粗雑で品のない便りは耐えがたい。ブラジルから届くメールの冒頭に必ずある、『やあ《オイ》！』という一言を目にするといつも恐怖を感じる、肉体的、形而上学的、そして倫理的恐怖だ——そんなふうにして近づいてくる人間の言うことなど、まともに受け止められるものか。十九世紀、アフリカの奥地に分け入ったヨーロッパ人は、現地の案内人が、長い旅路の途中で木陰などから出てきた親類や知り合いと出くわすと、いかに長々とした挨拶を交わすかについて、しばしば冗談めいた文体で記している。ある白人は、彼らが長い時間をかけて、笑い、相槌を打ったり、手を叩いたりするのをいらいらしながら待ったあげく、途中で割り込んで案内人に訊いた。

『それで、この人たちはなんの話をしていたんだ？　リヴィングストンを見かけた、とでも？』

『何も話しちゃいませんよ、だんな』と相手は答えた。『あれはただの挨拶です』

手紙には、そうした時間があると思う。だから、これは手紙で、きみは今さっき、配達人から手ずから渡されたということにしてくれたまえ。きっとこの、ニューヨークという腐ったリンゴで人々のかいた汗と吐いた息に含まれる恐怖が嗅ぎ取れるだろう。空は低くて暗い。ところで、ルアンダの空にもここのみたいな雲が浮かんでいることを願うよ、絶え間ない霧《カシンボ》、ここのこれはきっときみの敏感な肌に合うだろう。きみの商売が万事順調であることも願う。とはいえ、きっと順調に違いない、誰もが立派な過去をほしがっているんだから、あの悲しい国で悪政を敷いている輩は、特にそうだろう。

この街の混沌を静かにくぐりぬけながら、美しいアンジェラ・ルシアのことを考える（彼女は美しい）。証言すべきは、わたしがやってきたように、闇についてではなく、光についてだと言う彼女の言葉は正しいのだろう。彼女と一緒にいるなら伝えてほしい、あなたは少なくとも、わたしの胸に問いの種を植えることができた、そしてわたしはこのところ目を空に向けている、これまで生きていた中で一番そうしている、と。目を上に向ければ泥は見えない、泥の中で争っているちっぽけな生き物も見えない。きみはどう思う、フェリックスくん、重要なのは美について証言することだろうか、あるいは恐怖を告発することだろうか？

こんな軽々しい哲学なんて、きみには退屈だろうね。ここまで読んでくれたなら、おそらく、先ほどわたしが書いたヨーロッパの探検家たちの言葉をひしひしと感じているんじゃないだろうか。

『それで、この男は何が言いたいんだ――リヴィングストンは見つかったのか、どうなのか？』と。

見つからなかったよ。手始めに電話帳を調べると、ミラーという姓で、エヴァという名の女性が六人見つかった。だが、アンゴラにいたことのある人はいなかった。それから、大手の新聞五紙にポルトガル語で広告を出してみた。反応はなし。だが、まさにそこで彼女の痕跡が見つかったのさ。スモール・ワールド現象を知っているだろうか、またの名を六次の隔たりともいうのだが。一九六七年、ハーヴァード大学の社会学者、スタンレー・ミルグラムが、カンザス州とネブラスカ州に居住する三百人を対象に面白い試みを行った。名前と職業しかわからないボストン在住の二人の人間の所在を、友人や知人に限定して、手段は手紙のみ（人々がまだ手紙を書いていた時代の話だ）で探し当てることができるか、というものだ。六十人がこの試みに参加を表明し、三人が目的を達成した。こうした結果を元に、最初の人間が最終的に目的の人間にたどり着くまで、平均して六人しか介していないことがわかった。この命題が正しいとすれば、現在のわたしと母を隔てる距離はあと二人ということになる。きみがくれた、エヴァ・ミラーの水彩画が掲載されている『ヴォーグ』の記事は肌身離さず持っている。このルポルタージュにはマリア・ダンカンという署名がある。もう何年も前に雑誌社を辞めていたが、編集長はまだ彼女のことを覚えていた。だいぶ探して、まだマリアが『ヴォーグ』で働いていたころに住んでいたマイアミの電話番号を見つけ出してくれた。その番号にかけてみると、姪だという人が出て、叔母はここには住んでいません、と教えてくれた。夫の死後、生まれ故郷のニューヨークに戻ったのだそうだ。住所を教えてくれたんだが、それを見て仰天したね。なんたる皮肉！ わたしの泊まっているホテルから一ブロックしか離れていない。昨日、彼女を訪ねてきたよ。マリア・ダンカンは、赤毛の痩せ細った老女で、声だけは、どこかの若い女から失敬してきたんじゃないかというくらい力強くてしっかりしていた。孤独に押しつぶされそうだったんだろう、大都市にありがちな老人共通の病というところか。興味津々で出迎えてくれて、訪問の目的を知ると、さらに喜んだ。母を探す息子の話は、どんな女の心も動かすものだ。『エヴァ・ミラーねえ』と、名前を聞いてもぴんとこなかった。『ヴォーグ』の切り抜きを見せると、彼女は、古い写真、雑誌、カセットテープなんかを入れた箱を持ってきたので、わたしたちは、おじいちゃんの家の屋根裏にいる子どもよろしく、二人して何時間もかけて箱をがさごそと漁った。その甲斐があった。マリア・ダンカンと母が一緒に写っている写真が見つかったのだ。さらに重要なことに、雑誌を送ってくれてありがとう、というエヴァからの礼状が見つかった。封筒の住所はケープタウン。ニューヨークに腰を落ちつける前、エヴァはケープタウンに住んでいたのだ。だがここで、あるいは、今どこにいようとも、母を見つけるためには、彼女のたどった苦難の道をすべてたどり直すことになるんじゃないかと思うと怖い気もする。明日、ルアンダへの帰路、ヨハネスブルクに飛ぶ。そこから少し足を延ばせばケープタウンだ。これがわたしの人生の大事な一歩になるかもしれない。幸運を祈ってくれ。そして、親愛の情を受け取ってくれ。

ジョゼ・ブッフマン」

蠍

習慣から、そして、光を嫌うという遺伝的特性から、わたしは日中は眠っている。それでも何か、音であったり、強い日差しのせいで、目が覚めることもあるが、そうすると、居心地の悪い昼間をぬって、壁を走り、また落ち着いて過ごせそうな湿っぽくて深い割れ目を探し回ることになる。今朝はなぜ目が覚めたのだろう。何か厳しいものの夢を見た（その感覚だけで、相手の顔は思い出せない）。たぶん、父の夢を見たのだろう。そして、目を開けた瞬間、そこに蠍がいた。ほんの数センチ離れた場所だ。じっと動かない。蠍は、中世の戦士のように、憎悪という鎧兜に身を包んでいた。そして飛びかかってきた。わたしは飛びすさり、雷光のごとく素早く壁をつたって天井まで上った。奴が床に毒針を打ちつける乾いた音がはっきりと聞こえたし、今でも聞こえる。

ある日、父が嫌っていた人間が死に、その死を祝いながら（あれは偽りの喜びだったと信じたい）口にした言葉を今でも覚えている。

「あれは性根の腐った奴だったが、自分ではそうと気づいていなかった。悪のなんたるかがわかっていなかったんだ。ああいうのを本物の悪党と言うんだろうな」

それは、わたしが目を開けて、蠍を見た瞬間に感じたことだった。

大臣

蠍との一件のあと、わたしは眠れなくなってしまった。そのせいで、大臣が入ってくるのを見ることができた。ずんぐりしていて、自分の肉体にうまく収まっていない様子だった。ついさっき、ぐいっと背を縮められてしまったのだが、まだその新しい身長に馴染んでいないというように。白い縞の入った黒っぽい背広を着ていたが、身体に合わず窮屈そうだった。柳編みの椅子にどっかり腰を下ろして深々と安堵のため息をつくと、太い指で額の汗を拭って、フェリックスが飲み物を持ってくるのを待たずにエスペランサ婆さんに向かってがなった。

「おばさん、ビールだ！　きんきんに冷たいのを頼む！」

わが友は眉をつり上げたが、ぐっとこらえた。エスペランサ婆さんがビールを運んできた。外では、太陽がアスファルトを溶かしていた。

「ここは冷房がないのか？」

大臣は、ぞっとしたような口ぶりで言った。ビールを一気に飲み干し、すぐにもう一杯所望した。フェリックスは、もっと楽にしてください、上着を脱いではいかがです、と促した。大臣はそのとおりにした。ワイシャツ姿になると、彼はいっそう肥って、いっそうちんちくりんに見えた。まるで、神がうっかり頭の上に座ってしまったかのようだ。

「冷房に何か不満があるのか？」と言って笑う。「主義に反するとか？」

そのなれなれしい言葉遣いは、わが友の癇にますます触った。彼は、吼えつくように咳払いをすると、用意してあった書類一式を取りに部屋を出た。マホガニーの小さなテーブルの上で、ゆっくりと、もったいぶって広げていく儀式のような手順を、わたしはもう何度も目にしていた。毎度ながら、効果抜群だ。大臣は息を呑んで、自分の家系図が、わが友に朗々と読み上げられるのにじっと耳を傾けていた。

「こちらが父方の祖父、アレシャンドレ・トーレス・ドス・サントス・コレイア・デ・サー・エ・ベネヴィデス。一六四八年にオランダの支配からルアンダを解放した、リオ・デ・ジャネイロ出身の名高きサルヴァドール・コレイア・デ・サー・エ・ベネヴィデスの直系の子孫にあたります」

「サルヴァドールだと？　学校の名前になっていた、あの男か？」

「そのとおり」

「俺はポルトガル系かと思っていたんだがな。本国のどこかの政治家とか、なんとかという名の入植者とか。なんであの学校は名前をムトゥ・ヤ・ケヴェラ[30]に変えたんだ？」

「アンゴラ出身の英雄がほしかったんでしょう、おそらく。あのころは、口がパンを求めるがごとく、そういう英雄をみんな欲していましたからね。ご不満なら、別の先祖をご用意しますよ。そのムトゥ・ヤ・ケヴェラでもいいし、ンゴラ・キルアンジ[31]、なんなら女王ジンガ[32]でも。そうしましょうか？」

「いやいや、そのブラジル人でいいよ。そいつは金持ちだったのか？」

「大金持ちですよ。リオ・デ・ジャネイロを作ったエスタシオ・デ・サーの従兄弟ですから。こちらは悲運の人で、気の毒に、顔の真ん中を先住民のタモイオ族に毒矢で射られましてね。それでもとにかく、肝心なのは、ここで、この町を統治している間に、サルヴァドール・コレイアがアンゴラ人女性のエステファニアと知り合った、と頭に入れておくことです。当時の有力な奴

30　アンゴラ中央部にあったバイルンド王国（一七〇〇—一九〇三）の最後の王（一八七〇—一九〇三）。
31　コンゴ王国から独立してドンゴ王国を建国した人物（一五一五—五六）。
32　十七世紀、ドンゴ王国とマタンバ王国からなる現在の北アンゴラを治めた女王（一五八一から八三—一六六三）。独立を守るためポルトガルと戦い、英雄とされている。

隷貿易商、フィリペ・ペレイラ・トーレス・ドス・サントスの娘で、この女性と恋に落ちたんです……男のほうは妻帯者でしたから、これは道ならぬ恋ということになりますが……とにかく二人の間には三人の息子が生まれました。ここに家系図を用意してあります、どうです、芸術品でしょう」

大臣は驚嘆した。

「たいしたもんだ！」

そして憤慨しはじめた。

「まったく！　学校の名前を変えようなんて馬鹿げたことを思いついたのはどこのどいつだ？　オランダの植民者どもを追い出した男だぞ、兄弟国の国際主義の戦士だ、アフリカ人の子孫であり、この国の重要な一族、つまりはわが一族の祖先でもある。いやいや、兄さん、そうはさせない。公正さを取り戻さなくてはならん。あの学校は、サルヴァドール・コレイアという名に戻すべきだ、何がなんでもそうしてやる。校舎の前にはうちの祖父さんの像を建てさせよう。でっかいブロンズ像を、台は真っ白な大理石だ。どう思う、大理石でいいかね？　サルヴァドール・コレイアと馬が、オランダの植民者どもを誇り高く踏みつけにしているって図だ。剣がいるな。本物の剣を買っておこう、[33]祖父さんは剣を使ったかな、どうかな？　それなら、本物の剣にしよう、アフォンソ・エンリケスの剣よりもでかいやつだ。それで、あんたが碑文を書いてくれないか。

アンゴラの解放者、サルヴァドール・コレイアに、国家とマリンバ市パン屋連合より感謝をこめて、とかなんとか。まあ、なんでもいい、敬意がこもっておればな、そう、敬意だよ、敬意！　ちょっと考えておいて、あとで連絡をくれ。そうだ、今日はアヴェイロのオーヴォス・モーレス[34]を手土産に持ってきたんだった、オーヴォス・モーレスは好きか？　アヴェイロ一のオーヴォス・モーレスだぞ、と言っても、メイド・イン・カクアコ[35]だが、アフリカ諸国で一番美味いオーヴォス・モーレスってわけだ、いや、世界一だな、本場のより美味いぞ。イーリャヴォ[36]出身の、俺の菓子の師匠が作ったんだからな。あんた、イーリャヴォは行ったことあるか？　行かなきゃならんよ、あんたらはリスボンで二日過ごせば、もうポルトガルを知った気になるからな、まあ、食ってみろ、ほれ、で、どうだ、俺の言ったとおりだろう、え？　そうか、それで、俺はサルヴァドール・コレイアの子孫ってわけか、いや、こりゃたまげた！　で、それを今初めて知ったってんだから。こいついはいいや。うちの奥方も大満足だろう」

33　初代ポルトガル国王、アフォンソ一世のこと（一一〇九？―一一八五）。
34　ポルトガル中部の都市アヴェイロの銘菓。白い皮に卵の黄身で作った餡を詰めて作る。
35　ルアンダ近郊の町。
36　アヴィエロ近郊の町。

厳しい歳月の実り

アンジェラ・ルシアは大臣が出ていってからほんの数分後にやってきた。暑さなど、彼女には取るに足らないことのようだ。入ってきた彼女は、さっぱりと爽やかで、編み込んだ髪はきらめき、日焼けした肌は柘榴《ざくろ》のように瑞々しく艶やかだった。なんとも晴れやかな姿だ。

「お邪魔かしら」

その質問にも、そう訊ねてふっと浮かんだほほ笑みにも、邪魔して悪いと思っている様子は微塵もなかった。問うているというより、挑んでいるといったふうだ。わが友は、彼女の頬におそるおそるキスをした。片方の頬だけに。

「きみが邪魔になることなんて、絶対にないよ」

彼女は彼に抱きついた。

「優しいのね」

そのあと、すでに夜も更けてから、フェリックスはわたしに打ち明けた。

「いつかそのうち理性を失って、彼女の唇にキスしてしまうと思う」

ときどき、家に連れ込む女の子たちにするように、彼女の腕をつかんで壁に押しつけたくなるのだそうだ。それは難しいだろう。アンジェラ・ルシアのはかなさ、あれは完全なる策略だ、誓ってもいい。この午後、彼女は瞬き一つで鳩から蛇に変身してみせた。

「あなたのお祖父さま、肖像画の、あそこのあの人ね、フレデリック・ダグラスによく似ているわね」

フェリックスは降参した。

「ああ、気づいたかい？　それできみはどうする？　これは、職業的な歪曲とでも言うのかな。ぼくの仕事は誰かの経歴を創作することなんだ。一日中、ものすごく集中して他人の話ばかりをひねり出しているものだから、夜になると自分自身のファンタジーの迷路にさまよい込んでしまうのさ。そう、あれはフレデリック・ダグラスだよ、ニューヨークの露店で買った肖像画だ。ただ、今きみが座っている大きな椅子、それは本当に曾祖父が持ってきたものだよ。正しくは、ぼくの養父の祖父だけど。肖像画以外、きみに話したことは全部、真実だ。少なくとも、ぼくが覚えているかぎりではね。ときどき記憶が間違っていることはあるけど、でも、それって誰でもそうだろう？　心理学の研究によると、そういうものらしいよ。だけど、あの記憶は本当にあったことと思っている」

「そうでしょうね。だけど、あなたのお友だちのジョゼ・ブッフマン、あの人の話は全部、嘘なんじゃない？　あれはあなたが作った話で……」

フェリックスは強く否定した。まいったな《ポピラス》、そんなわけないよ！　きみじゃなかったら、そんなことを言われたら傷つくな、本当に傷つくよ、とはいえ、よくよく考えれば、その邪推も褒め言葉ってことかもな、だって、ジョゼ・ブッフマンみたいな嘘くさい人間を作り出すなんて、正真正銘の現実でないと、逆に不可能だと思うんだよね、と。

「ぼくはね、本当に信じられない話を聞くと、すぐに信じてしまうんだ。ジョゼ・ブッフマンはありそうもない人だよね？　ぼくたち二人してそう思ってしまうんだから、つまり、あれが真の姿だってことだよ」

アンジェラ・ルシアは矛盾を面白がって笑った。フェリックスはそれに乗じて、話をそらした。

「家族の話といえば、きみだって、一度も話してくれたことがないよね？　きみのことはほとんど知らないんだもの」

彼女はひょいと肩をすくめた。わたしの経歴なんて、五行で収まっちゃうくらいよ。ルアンダで生まれた。ルアンダで育った。ある日、故郷を出て旅することにした。写真を撮りながら、たくさん旅をした、そして最後に帰国した。まだ旅も写真も続けたい。それしかできないんだもの。人生に特筆すべきところはなし、二、三人の特筆すべき人生を過ごした人と旅の途中で知り合ったってくらい。フェリックスはさらにつついた。一人娘なの、それとも、たくさんのきょうだいに囲まれて育ったの？　ご両親は、なんの仕事を？　アンジェラは気を悪くしたようだった。立ち上がる。また座る。四年間は一人っ子だったけど、その後、妹が二人と弟が一人増えた。父は建築家で、母は飛行機の客室乗務員。父はアルコール依存症ではなく、それどころか酒は一滴も飲まなかったし、自分に性的虐待を加えたこともない。両親は仲が良く、毎週日曜、父は母に花束を贈っていたくらい。一番大変だった時代も――アンジェラは一九七七年生まれ、つまり厳しい歳月に実った果実なのだ――何不自由なく育てられた。質素ながら幸せな子ども時代だった。つまり、自分の人生は小説にはならないし、現代的な小説には到底ならない。最近では、主人公の女性がアルコール依存症の父親に乱暴でもされないと、小説どころか短篇にもなりはしない。小さいころに唯一秀でていたのは、虹を描けること。それは今も同じ。子どものときは虹ばかり描いていた。十二歳になったとき、父がカメラをプレゼントしてくれた。プラスチック製の単純なつくりだったけれど、その日以来、虹を描くのをやめた。撮りはじめたの。そしてため息をついた。

「今も、ずっと撮ってる」

フェリックスがアンジェラ・ルシアに出会ったのは、誰かの絵の個展のオープニングだった。わたしが思うに——と言っても、ただの想像でしかないのだが——最初に言葉を交わした瞬間、彼は恋に落ちたのだろう、なにしろ、自分の外見に恐怖して、足を退《ひ》かなかった最初の女性にすべてを捧げようと、それまでの人生でずっと待っていたのだから。足を退くと言っても、おわかりかとは思うが、文字どおりの意味ではない。フェリックス・ヴェントゥーラを紹介されて、現実に足を退く女性もいることはいる、握手の手を差し伸べながら、わずかに後ずさる。だが、ほとんどの女性は、精神的に足を退くのだ、つまり、「よろしく」と言いながら手を（あるいは頰を）差し出しながら、次の瞬間にはもう目をそらして、上の空で天気の話などをするのだ。アンジェラ・ルシアはといえば、頰を彼に突き出して彼のキスを受け、彼女もキスを返して、こう言ったのだ。

「アルビノの人に会うのは初めてよ」

職業を訊かれて、フェリックスが初めて会った人にはいつも答えるように、「家系図を描く」と告げると、彼女はすぐに興味津々に「本当に？　家系図を描く人に会うのは初めて」と言った。二人で一緒に会場を出て、とあるバーのテラスに腰を落ちつけ、星空の下、湾の暗い水を前にしながら話し続けた。その夜は、ぼくばかりが一方的に話していた、とフェリックスはわたしに言った。アンジェラ・ルシアには得がたい才能があった。自分からはほとんど口を挟まないまま、会話を弾ませられるのだ。それからわが友は帰宅して、わたしにこう言った。

「素晴らしい女性に出会ったよ。ねえ、きみ、彼女を説明するのにふさわしい言葉が見つからないんだ——彼女の内にあるものすべてが、光なんだよ！」

それは大げさだろう、とわたしは思った。光あるところには、影もあるのだから。

夢　第五番

ジョゼ・ブッフマンはほほ笑んでいた。からかうような軽い笑み。わたしたちは古い蒸気機関車の豪華な客車に乗っていた。油絵が一枚、壁に掛けてあり、褐色の鈍い光が空気を照らしていた。黒檀と象牙でできたチェス盤が、彼とわたしの間にある小さなテーブルの上に置かれていることに気づいた。駒を動かした記憶もないのに、すでにゲームは進んでいる。ブッフマンのほうが、明らかに有利だった。

「ようやく、だ」と彼は言った。「こうなることを、何日も前から待っていた。きみに会いたかったんだ。きみがどういう姿をしているか、見てみたかった」

「ということは、この会話は現実だと思っているのだね？」

「この会話は、間違いなく現実だろう。だが、周りの状況は実体性に欠ける。もっともらしさはなくとも、人が見る夢には、どれにも真実があるものさ。たとえば、よく書けた小説のページに花盛りのグアバの木が紛れていれば、幾多の本物の部屋に想像の香りを運び込むはずだ」

それには賛同せずにいられなかった。たとえば、ときおりわたしは飛ぶ夢を見る。実は、あれほど現実的に、そしてあれほど巧みに飛んだことはないのだ。飛行機で飛んでも、わたしが飛行機で飛んでいた時代には、あのように自由な気持ちを味わうことはなかった。幾度か夢の中で祖母の死に泣いたが、目覚めているときよりもさめざめと、思う存分泣いた。それどころか、小説の登場人物が死んだときは、友人や家族を失ったときよりもよほど涙を流したものだ。あの場で最も非現実的だったのは、ジョゼ・ブッフマンの背後にかかる油絵だった、それは、その物憂い構成のせいであって主題のせいではない、そもそも主題は判然としない、近代芸術のありがたみはそこにあるのだから、そうではなくて、あの物憂さは、光と色彩のせいだった。夕方が（あっという間に）窓から入ってきた。砂浜、たわわに実った椰子の木、もつれたたてがみを戴くモクマオウの木々が通り過ぎていくのが見えた。さらに、そのずっと向こうに海も見えた、海は、紺碧の大きな炎となって燃えていた。列車は登り坂に差しかかって速度をゆるめた。ぜいぜいと、喘息病みのように、年老いた機械の怪物は、ほとんど息もできなくなっていた。ジョゼ・ブッフマンはクイーンを進め、わたしのナイトを脅かした。わたしはポーンを差し出した。彼はそれをぼんやりと眺めた。

「真実とは、ありそうもないことだ」

閃光のような笑み。

「嘘は、どこにでもある。自然そのものが嘘をつく。たとえば擬態だ、あれが嘘でなければなんだ？ カメレオンは哀れな蝶を惑わすために葉っぱのふりをする。そうして言うのだ、『落ち着いて、かわいい子、ぼくは風に揺れるただの緑の葉っぱだよ、わかるだろ？』とね。そして、毎秒百二十五センチの速度で舌を伸ばして蝶を捕まえ、食っちまう」

彼はポーンを取った。わたしは黙って、思いがけなさと、遠い海の眩さに呆然としていた。ただ、どこかの誰かの言葉だけが頭に浮かんだ。

「わたしは嘘を憎む。嘘は不正確だからだ」

ジョゼ・ブッフマンはこの言葉に気づいた。ふっとこの言葉について思いを巡らせ、その堅固さと構造を、つまり、その効率を測った。

「真実もまた、曖昧なものだ。真実が厳密であっては、人間ではなくなる」[37]

話しているうちに、彼は次第に活気づいてきた。「今のはリカルド・レイスの引用だね。それでは、わたしはモンテーニュを引かせてもらおう――『偽物であるはずがなさそうなものほど、

37　ポルトガルの詩人フェルナンド・ペソーア（一八八八―一九三五）の異名者の一人。

真実に見える』。嘘がうまいことが美徳である職業はごまんとある。外交官、政治家、弁護士、俳優、作家、チェスのプレイヤー、などだな。われわれの共通の友人も頭に浮かぶよ、フェリックス・ヴェントゥーラ、彼がいなければ、われわれが出会うこともなかっただろう。それでは、たった一つでいいから、嘘に頼ることなく、真実のみを言うことが効果的であり尊ばれるという職業があったら、教えてくれないかな」

わたしの手が詰まった。彼はビショップを動かし、わたしはナイトを進めて応戦した。数日前に、天才と呼ばれるバスケットボールの選手が、テレビでこうぼやくのを聞いたことを思い出した。

「記者たちは、ぼくが言ったことは書くけれど、ぼくが言いたかったことは書いてくれない」

この話を彼にすると、それは面白いと笑った。思っていたほど嫌な男ではないのだ。列車は長々と汽笛を鳴らした。途方に暮れたような悲鳴がゆっくりと吐き出され、明るい海辺の上に赤いリボンのように伸びていった。浜にいる漁師たちが、列車に向かって手を振った。ジョゼ・ブッフマンも大きく手を振ってそれに応えた。その数分前、短い停車時間に、彼は窓から身を乗り出してマンゴーをいくつか買っていた。わたしは、彼が行商の女《キタンディラ》たちと、母音しかないように聞こえる謎めいた言葉で歌うように言葉を交わしているのを聞いていた。彼は、多種多様な訛りで英語を話せると言っていた。ほかにも、ドイツの地方の言葉もいくつか、（パリの）フランス語とイタリア語を話すらしい。さらには、同じくらい流暢に、アラビア語、ルーマニア語も話せると自信ありげに言った。

「駱駝語だっていけるぞ」とふざけて言う。「駱駝たちがこっそり話している言葉さ。猪の言葉も話すし、コオロギの言葉も、カラスの言葉もできる。人のいない庭園でなら、マグノリアの花と哲学談義を交わすことも、きっとできると思う」

彼は、スイス製のナイフでマンゴーの皮をむいて二つに切ると、大きいほうをわたしにくれて、自分のぶんを食べた。それから、数か月住んだことのある太平洋の小さな島では、嘘が最も重要な社会的支柱とされていると教えてくれた。もはや神聖視されていると言ってもよいほどに崇拝の対象となっている機関、情報省は、偽のニュースを捏造して吹聴する役目を担っていた。群衆に投げ与えられたそれらの嘘はどんどん成長し、新しい形を得て、やがて、矛盾したことに、彼らの大きな活動を生み出し、社会を活性化するのだ。失業率が危険なまでの水準に達したと想像してみよう。情報省、あるいは単純に「省」と呼ばれる機関が、国の占有領海内の海底に石油が見つかったというニュースを広めたとする。経済の爆発的な成長が見込まれるということで、商業が活性化し、国外に散っていた技術者たちは故郷の建て直しに力を貸そうと戻ってきて、数か月もすれば新しい会社ができて、雇用も生まれていくだろう。当然ながら、専門家たちが予想したように、事がいつもうまく運ぶとは限らない。たとえば、こういうこともあった。「省」とは、その名前とは裏腹に、つねに政権から独立して機能してきたのだが、あるとき、敵対者のキャリアを潰すことを目的に、その人物が英国の有名な女性歌手と不適切な関係を続けているという疑惑を広めた。噂は広まり、その人物は妻と離婚し、ついには、噂が広まる前は会ったこともなかったその歌手と再婚するに至り、そのことで絶大な人気を得て、数年後、ついには国の大統領にまで選出されてしまった。

「噂を制御することは不可能だ。このシステムの最大の徳はそこにある。そのせいで、この省は神がかって見えるんだ――王手！」

負けた、とわたしは気づいた。それでも危険を冒してクイーンを犠牲にした。

「フェリックス・ヴェントゥーラは、ありそうもなく見えるものほど、すべて信じると言っている。だから、あなたのことも信じているんだな……」

「そんなことを言っているのか」

「ああ。わたしは彼を信じていない。あなたのことも、アンジェラ・ルシアのことも。二つ、あるいはそれ以上の出来事が重なり合い、なぜそうなったのかわからないとき、それを偶然と人は呼ぶ。そんな偶然など、本来は無知と呼ぶべきだろう。男と女、二人とも写真家で、それぞれ長年国外に出たきりだったのが、まったく同じ時期に帰ってくるなんて、おかしくないか？」

「わたしなぞ、どこにでもいる写真家の一人だ。だが、きみがおかしいと思うのも無理はない。

偶然とは、友よ、同じようにして驚異を生み出すものだ。それも、木々が影を作るのと同じく無意識にね。チェックメイト」

わたしはキング（白いキングだった）を倒し、そこで目が覚めた。

実在の人物

大臣は本を執筆している。『ある戦士の真実の生涯』と題したその本は分厚い回想録で、クリスマス前に出版される予定だ。正確を期すため、執筆にはある人間の手を借りている。フェリックス・ヴェントゥーラだ。わが友は、昼間はほとんど、ときには夜まで、その仕事に追われている。一章を書き終えると、それを未来の著者と読み合わせ、あれやこれやについて話し合い、気づいた点をメモし、修正すべき箇所があれば修正し、書き進めている。フェリックスは、現実をフィクションで縫い合わせているのだ。巧みに、緻密に、年月日や史実に従いながら。大臣は、本の中で実在の人物と語り合うので（ときには身分の高い関係者とも）、そうした人物たちには、すぐにでも、現実に彼と信頼関係を築き、見解を共にしてもらう必要がある。われわれの記憶とは、われわれについての他人の記憶を取り入れて、どこまでも広がっていく。他人の記憶をあたかも自分の記憶であるかのように思い出すことはよくある——たとえ、それが作られた記憶であったとしても。

「リスボンのサン・ジョルジェ城[38]がいい例だ。あの城にある胸壁、あれは紛い物だ。アントニオ・デ・オリヴェイラ・サラザール[39]が、本物らしくするために造らせたんだよ。奴には胸壁のない城なんてありえなかったんだろうね、なんだか怪物的というか、こぶのない駱駝みたいなものかな。今では、あそこにある偽物がサン・ジョルジェ城をいかにもそれらしく見せている。今、八十歳を超えている人たちだって、胸壁は前からあったと思い込んでいるに違いない。これには、ちょっと感慨深いものがあるよね。真実のほうが信じてもらえないっていう」

『ある戦士の真実の生涯』が出版されれば、アンゴラの歴史は新たな一貫性を得て、それがまた「歴史」となっていくだろう。この本は、今後、祖国の解放運動、独立後の混沌とした時期、拡大した民主化運動についての本が書かれる際の参考文献となるだろう。いくつか例を挙げよう。

一九七〇年代初め、大臣はまだ若く、郵便局員だった。ロックバンドでドラムを叩いていた。バンド名は〈名づけようのない者たち《イノミナーヴェイス》〉。関心があったのは、政治よりも女。これは真実だ、凡庸な真実と言うべきか。本の中の大臣は、その時代、すでに政治活動にのめり込んでいたとされる。地下組織で、本当に地下に潜って、ポルトガルの植民地主義と闘っていたのだ。先祖から気性の激しさを受け継いだ（本の中では、しょっちゅうサルヴァドール・コレイア・デ・サー・エ・ベネヴィデスが引き合いに出されている）大臣は、あちこちの郵便局で自由解放運動を支援する仲間を集った。その組織は植民地側の局員たちに送られる郵便物にパンフレットを紛れ込ませて配布する役割を担った。大臣を含む組織の三名がポルトガルの治安警察に告発され、一九七四年四月二十日に逮捕された。彼の命は、おそらくカーネーション革命[40]によって救われたのだろう。

一九七五年、大臣は、アンゴラ独立の数週間前に国を出てポルトガルに避難した。相変わらず、政治より女の尻を追いかけ回すのに忙しかった。飯の種を稼ぐため、新聞に広告を出してみた。「尊師マリンバ。邪視、嫉妬、魂の病を治癒します。恋愛成就、商売繁盛をお約束」。この広告が効いた。数か月のうちに大金を稼いだ（これぞ本物の魔法だ）。事務所には女たちが押し寄せた。夫をもう一度振り向かせたい、とか、愛人から引き離したい、とか、失敗した結婚生活をまた立て直したいといった相談がほとんどだった。その他は、ただ誰かに話を聞いてほしい女たちだ。彼はしっかり耳を傾けた。客はきちんと報酬をくれた、と大臣は言った。自分たちの持てるもの

38 リスボン市内にある中世の城跡。
39 ポルトガルの元首相（一八八九―一九七〇）。一九三二年から七四年まで続く独裁体制を築いた。
40 一九七四年四月二十五日に起き、ポルトガルで四十年以上続いた独裁制を終わらせた無血革命。

でな、と。冬の寒さをしのげるようにと手編みのセーターをくれたり、新鮮な卵や果物のコンポートなどをくれたりもした。金回りのいい客は、気前よく小切手を切ったり、家電製品を送ってきたり、ブランドものの靴や服を贈ってきた。有名なサッカー選手の妻だった金髪の美女は自らを差し出してきて、最後にはウィスキーの瓶をトランクいっぱいに積んだ車のキーを彼の手に残していった。独立したアンゴラで選挙が数回行われてから、大臣はルアンダに戻った。夫婦関係に悩む女たちを長年慰めながら貯めた資金で、チェーンのパン屋を始めたのだ。マリンバ市パン屋連合である。以上が、大臣がフェリックスに語った真実だ。こっちの歴史書には、フェリックスが大臣に語らせた真実が載る。つまり、一九七五年、独立後、政治の向かう方向に嫌気がさしたことと、同胞同士の争いへの参画を断ったことから（「自分はこんなことのために闘ったんじゃない」）、大臣はポルトガルに亡命した。アンゴラの薬草について深い知識があり、賢人と呼ばれた父方の祖父から手ほどきを受けていたおかげで、リスボンにアフリカ式代替医療のクリニックを開設した。一九九九年、内戦が終結したのを見計らい、祖国の再建に貢献せんとの固い決意を胸にアンゴラに戻った。民衆に「日々の糧であるパン」を与えたいと思ったのだ。そして、そのとおりのことをした。

　大臣の帰国は、彼がふたたび政治と関わっていくことを意味した。自分のパン屋チェーンの合法化を加速させるために、幹部と呼ばれる人々の幾人かに金を渡し、瞬く間に大臣や将軍の家を訪ねる仲になった。二年後には、彼自身が経済透明化・汚職撲滅局の局長になっていた。『ある戦士の真実の生涯』では、ただひたすら祖国の重要かつ重大な理念を守りたいという一心で、自分はこの挑戦に立ち向かってきたのだと大臣は語っている。いまや、彼はパン製造業者および乳業者の省をまとめる大臣になったのである。

あっけない結末

不運に見舞われるという才覚を若いうちから発揮する人間がときどきいるものだ。石つぶてを投げつけられるようにして襲ってくる不幸を、そういう日もあれば、そうでない日もあると、彼らはあきらめのため息とともに受け入れるのである。その反対に、奇妙なほど幸運つづきという人間もいる。断崖を前にしたとき、後者は水の青さに、前者はそれがもたらす酩酊状態に惹かれる。夢見るために生まれてきた者（人によってはそれで稼いだりもする）、現実的で実践的かつ疲れを知らず、労働のために生まれてきた者もいる一方で、川のような人生を過ごす者もいる。彼らは水源から出発し、ほとんど水流から逸れることなく流れていく。ジョゼ・ブッフマンのような事例はめったにない——彼は驚異に惹かれていく。他人を驚かすのも、驚かされるのも好きなのだ。

「あるとき、言われたことがある。『おまえなんて、山師でしかないくせに』ってね。それも、蔑みを込めて、唾を吐きかけるようにこの言葉をぶつけられた。そして、そうかもしれんな、と自分でも思った。行き当たりばったり、出たとこ勝負がいいし、退屈から遠ざけてくれるものならなんでもいい。酒や賭け事の代わりなのかもしれん。中毒だな」

フェリックス・ヴェントゥーラは、からかいを含んだ疑わしげなまなざしで彼を見た。答えは明々白々の質問を投げかけたいのだ。それで、お母さんは見つかりましたか、と。とはいえ、彼の話は降伏へと通ずる道なのだろうともわかっていた。この前、わたしたちの夢のなかで、フェリックスからある話を聞いていた。人気のある連続テレビドラマに出演している俳優のオルランド・セルジオ[41]という友人がいるのだが、彼は、どこにいてもその登場人物と混同されてしまうらしい。抱きつかれたり、祝福されたり、叱られたり、あの態度はよかっただの悪かっただのと言われたりするそうだ。そのなかで、彼の本名を知る人はわずかだ。叱責や説教を止めようと、自分は俳優だと言うと、相手はむっとしたりするらしい。

「ぼくはオルランド・セルジオです。あの役柄と混同されているようですが……」

「ふざけたことを言うんじゃない、冗談じゃない。いいから、これから言うことにちょっと耳を傾けなさい、あんたが誰だか知らないとでも思ってるのかい?」

フェリックスは今、似たような罠に引っかかったような気がしている。ジョゼ・ブッフマンは、昨日、南アフリカから到着したところだ。コロネル・タピオカ[42]のカーキ色の服に身を固め、幅広のバミューダパンツにポケットがたくさんついたベストを着ている。話をしながらあちこちのポケットから次々といろいろなものを取り出す様子は、山高帽から兎を取り出すサーカスのマジシャンそっくりだ。彼が取り出したのは、こんなものだ。

ブロンズ製の小さな蛙。

「かわいいだろ、な？　蛙は嫌いか？　そうか、わたしは好きなんだよ。いろいろな国で、蛙とは、変身、魂の変容のシンボルであり、より高い意識へと一段上がることを意味しているのは知ってるかい？　蛙のたどる複雑な変態の過程によることはすぐわかるが、一方で、ある種の蛙からは幻覚作用のある毒がとれることを、あるアメリカの先住民は知っている。ソノラ砂漠に生息するヒキガエルだ。このブロンズの蛙はケープタウンの骨董屋で見つけたんだ。もともと蛙が好きだから、店先に飾ってあるのを見つけて、買おうと中に入った。もしわたしが蛙好きでなければ、そしてあれを買おうと店に入らなければ、これを見つけることはなかった」

41　アンゴラの人気俳優（一九六〇年―）。
42　スペインのアウトドア用衣料品のメーカー。

絵葉書よりやや大きいというくらいの水彩画。

「逃げるガゼルの群れだ。草が揺れ動き、その上を、まるで踊っているかのようにガゼルたちが跳んでいる。さあ、署名を見てくれ、ここの隅だ、読めるか？　エヴァ・ミラー。日付も見てくれよ、一九九〇年八月十五日。驚くじゃないか、え？」

フェリックスの驚愕がわたしにも伝わってきた。彼はそれを指でそっとつまんで持ち上げた。あまりの疑わしさに、その絵葉書そのものが存在するのかと恐れてでもいるかのように。

「まさか、そんなことが」そう言って頭を振った。「どういうつもりですか？　こんなことまでするなんて、どうかしてます」

「ずいぶんな言い方じゃないか！　わたしがその絵を描いたとでも？　まさか、とんでもない。今、話したとおりなんだよ。ケープタウンの骨董屋で、この絵が売られているのを見つけたんだ、たくさんの似たような絵の中に紛れていた。ほかに彼女の署名が入った絵はないかと、その午後中探したが、見つからなかった。ネルソン・マンデラが選挙に勝った直後に国を出ることにしたイギリス人から、店主がまとめて買い取った家財の中にあったらしい。そのイギリス人の消息は不明だそうだ」

「それで、エヴァ・ミラーについては、それ以上わからなかったと？」

ジョゼ・ブッフマンは、すぐには返事をせず、ベストの別のポケット、今度は内ポケットから次のものを出した。

カラー写真の薄い束。

「見てくれ。この建物は、エヴァ・ミラーからマリア・ダンカンに送られた手紙の送付元の住所にある。白人の中流階級が住む住宅街だ。ケープタウンに行ったことはあるかい？　ありゃ、奇妙な場所だ。たとえば、大きなショッピングモールを思い浮かべてみよう、真新しくて、装飾として背の高い椰子の木があっちこっちに置いてある。見事な椰子の木だ。実はプラスチック製なんだが、触ってみなけりゃわからない。ケープタウンは、そういうプラスチックの椰子の木を思わせる。素晴らしい街だと思うよ、たいそう清潔で、きちんとしている。ああいうペテンには騙されたくなるものだ。これは、母の暮らしていた部屋に現在住んでいる男だ。顔の傷を見たか？　八〇年代にはマプート[43]に住んでいたそうだ。南アの共産党の大物だよ。あるとき、車に乗って、エンジンをかけた瞬間、ボン！　轟音とともに大爆発、片目と両脚を失ったんだそうだ。感じのいい男だった。人生を賭けてアパルトヘイト撲滅のために闘ったはいいが、虹色の国になってみると、そこにはなじめないというタイプだ。もはや理念のために闘う人間がいなくなった

43　モザンビークの首都。

と嘆いていたよ、資本主義モデルの勝利が民衆をだめにしたと言って、民主主義だの、リベラルな法律だのに腹を立てている。だが、そいつが本当に取り戻したいのは失った若さなのさ、それと片目と両脚だな。エヴァ・ミラーのことは、名前も聞いたことがないらしい。ところが、こっちの写真の、百歳近い年寄りのボーア人の大家のほうは、母のことをよく覚えていた」

わたしは、彼らの真上に移動し、天井から頭を下にしてぶらさがり、細部まで全部を見ようとした。写真をよく見るため、フェリックスは明かりをつけた。その老ボーア人の顔写真は（白黒だったが、それを言えばそこにある写真はみんな白黒だった）よく撮れていた。暗い色の木製の大きな椅子に腰かけている。ぼんやりとした柔らかな光が顔の右半分に当たり、彼の内なる沈黙を照らしていた。右下の角には、闇に紛れてほとんど見えないが、ブルジョワ階級のご婦人がよく連れているような極小の犬の神経質そうなシルエットが見える。犬というより調教された鼠のようで、わたしは大の苦手だ。

「写真が気に入ったか？　わたしもだ」と、ジョゼ・ブッフマンは笑った。「よい人物写真には、被写体の人となりが写り、時代が写っているものだ。それで、わたしのことを怪しんだこの男は、口数は多くなかったんだが、わたしの巡礼の旅に終止符を打ってくれたよ。見るか？」

ヨハネスブルクの「オ・セクロ」紙[44]の記事の切り抜き。

「用意はいいか？　こういうのを、あっけない結末、とでも呼ぶのかね。きみならどう言うかな。読んでみろ」

フェリックスはその言葉に従った。

「エヴァ・ミラー、北米出身の造形芸術家。本日午後、ケープタウンのシー・ポイントにある自宅で死去。アンゴラ南部に居住した経験があるため、ポルトガル語が流暢で、南アフリカのポルトガル人コミュニティーから慕われた。近年は、ケープタウンとニューヨークに拠点を置いていた。死因は現時点で不明」

44　ヨハネスブルクで発行されているポルトガル語新聞。

平凡な人生

記憶とは、走る列車の窓から見る風景である。アカシアの木々を照らす曙光が次第に強くなり、果物のように朝をついばむ鳥たちが見える。遠くには、静かに流れる川と、川を抱く森が見える。家畜がのんびりと草を食み、一組の男女が手をつないで走り、少年たちが踊るようにサッカーに興じ、ボールは太陽のように輝いている（もう一つの太陽だ）。穏やかな湖と、そこで泳ぐ鴨、重たい水が流れる川と、そこで喉の渇きを癒す象たちが見える。そうしたものがどんどん目の前を通り過ぎていく、どれも現実だとわかっているが、みんな遠くにあって、手で触れることは誰にもできない。すでに遠くに過ぎ去ったものもあるし、列車は猛スピードで走るので、われわれは、どれも本当にあった出来事なのか確信をもてずにいる。夢だったのかもしれない。自分の記憶が当てにならなくなったと言うが、それはただ、空が暗くなっただけなのだ。これが前世を思

うときのわたしの気持ちだ。とぎれとぎれに思い出す事実は前後の脈絡がなく、広大な夢の断片である。とあるパーティーにいた女、すでに宴は終わりかけていて、煙草、酒、あるいは、たんなる妄想の疲れのせいでふらつくあの感覚、女はわたしの腕にしがみつき、耳にささやきかける。「いいこと、わたしの人生は小説になるわよ、そこらへんの三文小説とはちがう、傑作よ……」

こうした場面に出くわしたのは一度や二度ではなかった。そんなことを言う人間のほとんどは、ほぼ間違いなく、傑作を読んだことがないのだろう。今のわたしにはわかる、いや、すでにわかっていたのだと思う、どの人生も並外れているのだ。フェルナンド・ペソーアは、一人の平凡な事務員の、どうということのない生い立ちを『不穏の書』に変えた。これはおそらくポルトガル文学で最高に興味深い本だろう。先日、自分は平凡な人生を送ってきた、とアンジェラ・ルシアが告白するのを耳にして、わたしは彼女のことをもっと知りたくなった。もしも、どこかの女が、ある夜、わたしの腕にすがって、彼女と同じように、「いいこと、わたしの人生なんて、たいしたことはなんにも起きなかったの、わたしなんてほんのちっぽけな存在なの」と言ったとしたら、わたしはその女に恋していただろう。わたしの敵が、わたしが友と思っていた数人とぐるになってこそこそと広めていた噂とは反対に、いつだってわたしは女性に興味があった。女性が好きだったのだ。親密にしていた一人、二人の女友だちとは、よく長い散歩を楽しんだものだ。別れ際、彼女たちを抱き寄せて挨拶する、するとその髪の匂いや、その胸の固い感触に興奮を覚えたものだ。だが、彼女たちの誰かがわたしに口づけしようとしたり、あるいは口づけよりもさらに大胆なことを仕掛けてきたりすると、わたしはダグマール（あるいはアウロラ、アルバ、ルシア）を思い出し、錯乱してしまった。長い間、わたしはあの恐怖にとらわれて生きていたのだ。

エドムンド・バラッタ・ドス・レイス

この夜、ジョゼ・ブッフマンが連れてきたのは、真っ白な長い顎鬚をたくわえ、ぼさぼさの灰色の縮れ髪が肩まで伸びた老人だった。その姿を見るや、ブッフマンが数週間ずっと追いかけていた物乞いだとわかった。ブッフマンは、彼が側溝から姿を現すところを捉えた見事な一枚を撮っているのだ。櫛の入っていない髪の毛に、突然ぎらぎらと輝き出す瞳、その姿は復讐心に燃える古代の神そのものだ。

「わが友、エドムンド・バラッタ・ドス・レイスを紹介しよう。国家安全保障省の元スパイ《エイス・アジェンテ》だ」

「元人間《エイス・ジェンテ》だ！　なによりもまず、元人間だ！　模範的な元市民《エイス・シダダン》、追放されし者《エスクルイード》の代表者《エスポエンテ》、実在する排泄物《エジステンシアル・エスクレメント》、小さな爆発しやすいたんこぶ《エジグア・エスプロジーヴァ・エスクレセンシア》だ。一言でまとめれば、つまりは根っからの浮浪者。どうかよろしく」

フェリックス・ヴェントゥーラは指先を差し出した。戸惑い、相手の不潔さに閉口していたのだ。エドムンド・バラッタ・ドス・レイスはその手をしっかりと、長い時間握りしめ、フェリックスのことを（小鳥のように）横目で見ながらも、注意深く観察し、面白がって、相手が戸惑う様子を味わっていた。蜂蜜色の絹綾で仕立てた美しい上着姿のジョゼ・ブッフマンは、腕組みをしながら二人を眺め、やはり面白がっているように見えた。室内の薄闇で、小さな丸い目がガラス玉のように光った。

「引き合わせたらきっと喜ぶと思ったんだよ。この男の人生はまるできみが作ったみたいだからね」

「どういうことです？」

「全身耳男。俺はそう呼ばれてたんだ。戦場での俺のあだ名だよ。好きだったんだ。聞くのが好きだったんだよ。ところがそこへ、バーン！　ベルリンの壁が落っこちてきた。まいった《ポピラス》ね、おい！　あるときまでスパイだったのに、あっという間に元人間になっちまった」

フェリックス・ヴェントゥーラは身震いした。

「もしかして、ガスパル先生の生徒でした？」

エドムンド・バラッタ・ドス・レイスは面食らい、その顔に笑みが広がった。

「おお、そうとも！　同志よ、きみもか？」

二人の男は心からの喜びを込めて抱擁し合い、思い出を語り合った。フェリックス・ヴェントゥーラよりだいぶ年嵩のバラッタ・ドス・レイスがガスパル先生の生徒だったころのサルヴァドール・コレイア高校には、黒人の生徒は片手で数えられるほどしかいなかった。高校を卒業してからは気象庁に勤めた。六〇年代前半、ルアンダ市内で爆破テロのネットワークを作ろうとした疑いをかけられて逮捕され、カーボベルデ[45]のタラファル収容所[46]で七年を過ごした。「あそこは鶏小屋だよ。だが、いい浜があった」と言った。アンゴラ独立から数週間後にはもう、敵も味方も（つねに敵のほうが多かった）、みんな全身耳男というあだ名で彼を呼んでいた。ハバナに二年、東ベルリンに九か月、モスクワに六か月、その間に打たれた鉄は強くなり、アフリカの社会主義の強固な塹壕へと戻ったのだ。

「共産主義者だ！　嘘みたいに思うか？　俺は南半球共産主義者の最後の生き残りさ」

彼の転落は、その頑迷さのせいだった。数か月も経たぬうちに、バラッタ・ドス・レイスはイデオロギーに凝り固まった邪魔者となった。鼻つまみ者とでも言おうか。なにしろ、上層部の者たちですら「かつて、わたしは共産主義者だったのだが」とそっとささやく時代に、「俺は共産

45　ポルトガルの旧植民地の北西アフリカ沖合の群島。一九七五年に独立。
46　独裁政権時代の一九三六年にポルトガルが建設した政治犯専用の強制収容所。

主義者だ！」と恥ずかしげもなく声高に言い、しまいには、国が社会主義を貫いた過去を公的に否定するようになってからも、「そうだ、共産主義者だとも、根っからのマルクス主義、レーニン主義者なんだ！」と言い続けていたのだから。

「そりゃあいろいろ目にしたもんだ」

ジョゼ・ブッフマンは脚を組んで、フェリックス・ヴェントゥーラの曾祖父がブラジルから持ってきた大きな柳編みの椅子に身を沈めていた。右手を上着の内ポケットに入れるとそこから銀のシガレットケースを取り出して、ゆっくりと煙草を巻いた。あくどい笑みを浮かべた顔が輝いた。

「わたしに話したことを彼にも話したらどうだ、エドムンド、例の大統領の話をさ……」

エドムンド・バラッタ・ドス・レイスはむっつりと黙り込むと、ジョゼ・ブッフマンをじろりと見て、乱暴に顎鬚を引っ張った。わたしは、彼が今にも立ち上がるのではないかと思った。そしてそのまま出ていってしまうかもしれない、と。ジョゼ・ブッフマンは肩をすくめてこう言った。

「いいから話せよ！　心配することなどない。このフェリックスという男は口が堅い。こちら側の人間だからな。というか、きみたちは二人ともそのガスパル先生とやらの生徒だったんだろう？　それだけで一つの理由になるだろう。同窓生は、ある意味で同じ部族出身のようなものだとフェリックスは言っていたしな」

「大統領はすり替えられてる」と、エドムンド・バラッタ・ドス・レイスは一息で言うと、押し黙った。そして、きょろきょろと室内を見渡した。まるで鶉《うずら》が、開いている窓、一筋の光、一片の空を探し、逃げ道を求めているかのようだった。そして、声をひそめて続けた。「あの爺さんはすり替えられちまった。瓜二つの男が代理に立てられた、替え玉というか、いまいましいレプリカだ」

「くそったれ！」フェリックスは吹き出して大笑いした。彼がこんなふうに悪態をつくのを耳にするのは初めてだ。さらに言えば、こんなふうに激しく笑う姿も初めて見た。ジョゼ・ブッフマンはぎょっとしたが、すぐに同じように笑った。二人で大笑いした。わたしも一緒に、三人で笑った。笑いがまた次の笑いを誘い、ようやっとフェリックスが落ち着いた。

「ってことは、この国の大統領はまぼろしなんだな」と、ハンカチで涙を拭いながらフェリックスは言った。「そうじゃないかなとは思っていたさ。この国の政府はまぼろしだもの。司法のシステムだってまぼろしだ。ようするに、この国がまぼろしなんだよ。それはさておき、誰が大統領の代わりをやっているのか、教えてくれよ」

エドムンド・バラッタ・ドス・レイスは椅子の上で身を縮めていた。その姿は、もはや神のようではないし、ましてや戦神からはほど遠く、うなだれた野良犬のようだった。彼は臭かった。

小便の臭い、腐ってぐずぐずになった葉っぱや果物の臭いがした。彼は立ち上がると、フェリックスではなくジョゼ・ブッフマンを指さした。

「その笑い方……その笑い方は聞き覚えがあるぞ、おい、昔、昔、大昔に会った男だ。一時代前の話だ。古い時代の。俺たち、前に会ったことがあるんじゃないか？」

「そんなはずはない」と、ジョゼ・ブッフマンが身構えた。「わたしはシビアの出だが、あんたもそうか？」

「ふざけるな、俺は生粋のルアンダっ子だよ」

「それなら、人違いだろう」

「そうだろうね」とフェリックス・ヴェントゥーラも後押しした。「ブッフマンは南部の奥地の田舎から出てきたんだ。ジャングル生まれってとこか」

「ジャングルだと？　うちのジャングルは庭園みたいなものだ。このルアンダの、あんたたちの庭園ときたら、数も少ないうえに、それこそジャングルだろ」

「まあ、落ち着いて。部族主義は取り下げるし、地方主義も取り下げる。民衆の力を讃えよ、昔はそんなふうに言ったもんじゃないか。とりあえず、同志エドムンドには質問に答えてほしいな。だれが大統領をすげ替えたんだろう？」

エドムンド・バラッタ・ドス・レイスは深く息をついた。

「ロシア人じゃねえか。あるいはイスラエル人か。部族集団、モサドとか。そういう汚ねえ連中が二つ一緒になったのかもしれねえ」

「かもな。それなら意味が通る。で、それをどうやって見破った?」

「俺は替え玉の男を知ってるんだ。俺が雇ったんだよ! ほかの替え玉も雇った。あの爺さんは絶対に人前に出てこないんだ。顔を出しているのは、みんな替え玉だよ。あの三番目の男が最高だったな。あいつなら、口を開いても誰も疑いはもたないが、ほかのはじっと黙っていなきゃならねえ。それで、儀式や何かでじっとしているときだけ使ったんだ。三番目の男は特別だったな、めったにない才能があった、天性の俳優だよ。俺はあいつができあがっていくのを見ていたんだ。かかったのは五か月。たったそれだけで身につけた。どう動くか、どうほかの人間を先導するか、声音、外交儀礼、爺さんの経歴、全部を頭に入れ、完全に大統領になりきった。いや、ほぼ完全に、だ。奴《ムアディエ》には、一つ問題があった。いや、あるんだ。奴は左翼なんだよ。その点までも、奴が大統領のコピーみたいに見えた。だからこそ、俺は奴を認めたんだ。大統領が今、左寄りだって、あんたは知らんだろ。な、知らんよな。誰も知らん」

「あんたはいつ気づいたんだ?」

「一年前、一年とちょっと前だ」

「そのときはまだ警察の人間だったのか」

「俺が？　兄さん、俺は七年以上前から宿なしなんだぜ。このTシャツを見ろよ。Tシャツどころか、これは皮膚だよ。こいつは、ソヴィエト社会主義共和国連邦の共産党のシャツだ。解雇された日にこれを着て以来、一度も脱いでない。ロシアが共産主義国になるまでは脱がないと誓ったのさ。今となっちゃ、もう脱ぎたくても脱げねえ。見ろよ、ほら、皮膚みたいだろ？　俺は、鎌と槌の入れ墨を胸に入れたんだ。こいつが取れちまうことはない」

それはそうだろう。フェリックス・ヴェントゥーラは慄きの目で見ていた。ジョゼ・ブッフマンは、あたかもこう言っているかのように、にやにやしていた。「どうだ、おかしな野郎だろう？」エドムンド・バラッタ・ドス・レイスは、古代の軍神のごとき身のこなしを取り戻していた。白髪交じりのぼさぼさ髪を振り乱し、鼻が曲がりそうな悪臭をふりまいた。

「スープは？」と、彼は聞いた。「スープはないのか？」

＊　＊　＊

「どうかしてる！」エドムンド・バラッタ・ドス・レイスが出ていくと、フェリックスは言った。さらに同じ言葉を一度、二度、はっきりと繰り返した。こんなことに構っている暇はないのだ。それなのに、ジョゼ・ブッフマンはしつこかった。

「まだおかしな話があるんだがね」

「いいですか、あの男は完全に頭がおかしいですよ。正気じゃない。あなたは長いこと外国であちこちを巡っていて、いったいこのいかれた国でその間どんなことが起こっていたのか、見当もつかないんでしょう。ルアンダには、ものすごくまともに見えるのに、突然めちゃくちゃな言葉をべらべらとしゃべり出したり、理由もなく泣いたり、笑ったり、罵ったりする人間がごまんといる。これを全部いっぺんにやり出す人間もいるんだ。自分は死んだと思い込んでいる奴らだっている。あるいは、もうとっくに死んでいるのに、本人は気づかなくて、周りの人間も教えてやれずにいるような奴らすらいるんですよ。自分は飛べると思っているのもいる。絶対に飛べると思い込んで本当に飛ぶのもいる。この街はいかれた人間どもの見本市みたいなものだ、そこにも、瓦礫だらけのあの道にも、街を囲むそこらのスラムにも、まだ記録すらされていない病理学の症例がいくらだって見つかる。耳に入る話をいちいち真に受けちゃだめです。というか、いいですか、誰の言葉も真に受けちゃいけません」

「あの男は、本当はいかれてないのかもしれん。おかしなふりをしているだけかも」

「そこに違いがあるとは思いませんね。屋外の側溝なんかで寝起きする生活を自ら選び、ロシアが共産主義に戻ると頑なに信じている男、なによりも正気を失ったように見られたい男だなんて、ぼくから見れば、正気じゃないってことですよ」

「そうかもしれんし、そうじゃないかもしれん」そう言うジョゼ・ブッフマンはがっかりしているように見えた。「あの男のことをもっと知りたいんだ」

愛、犯罪

「この国ではみんな、大変な思いをしてきた」
フェリックスはため息をついた。ひどく蒸す。湿気が部屋の壁に張りついている。それでも、フェリックスは、柳編みの大きな椅子に背筋を伸ばして座っていた。仕立ての良い紺色の上着のせいで肌の白さが際立っている。汗が止まらない。彼の目の前には、絹布張りのスツールに膝を抱えて収まっているアンジェラ・ルシアがいて、花柄のブラウスにショートパンツ姿でほほ笑みながら話を聞いていた。
「手伝い一人雇うことができなかったから、全部自分でやらないといけない時期もあった。家を掃除して、洗濯と料理もして、草木の世話もした。水もなかったから、行商の女《キタンディラ》みたいに頭にたらいを載せて、あそこの、墓地へ向かう道の角の路地奥に、誰かがアスファルトに開けた穴に水を汲みに行かなければならなかった。それもこれも、ヴェントゥーラのおかげで耐えることができた。こんなふうに怒鳴ったりしてたんだ、『ヴェントゥーラ、皿を洗ってこい』するとヴェントゥーラが洗う。『ヴェントゥーラ、もっと水を汲んでこい』するとヴェントゥーラが汲みに行く」

「ヴェントゥーラって?」

「ヴェントゥーラはぼく自身だよ。もう一人のぼく。人生のある時期、もう一人の自分に助けを求めることは、誰にでもあるんじゃないかな」

アンジェラ・ルシアは、エドムンド・バラッタ・ドス・レイスの仮説を面白がっていた。替え玉という思いつきに大喜びし、大統領の出ているビデオを次々に二人で見ることにした。すでに話したと思うが、フェリックス・ヴェントゥーラの家には数百本ものビデオがあるのだ。すると、古いビデオでは、驚いたことに大統領が書類に右手で署名していることに二人とも気づいた。近年は、いつも左手で署名しているのに。さらに、映像によっては、左目の上に小さな黒子《ほくろ》があることにアンジェラ・ルシアが気づいた。ほかの映像では、黒子はない。

「除去したのかもしれない。最近では、インクの染みを抜くみたいに、みんな簡単に身体についている痕を取るからね」

だが、黒子のある大統領は昔の映像にも出ていたが、黒子のない大統領が登場した後にも姿を見せていることに、アンジェラ・ルシアが気づいた。

「替え玉でしかありえない！」

二人は、午後中このゲームに熱中した。五時間後、すでにとっぷりと日は暮れていたが、少なくとも三人の替え玉を見分けられるようになっていた。黒子のある男、やや額の生え際が後退している男、そして三番目の男は、アンジェラによれば、瞳に凪いだ海の輝きのある男だ。

「光に関しては、きみに反対意見を言うつもりはないよ」とフェリックスは言い、そして、自分の分身のヴェントゥーラのことを思い出した。「本当にね。この国ではみんな、大変な思いをしてきた」

その時代をどうやって生き延びたのか、アンジェラは聞きたがった。フェリックスはひょいと肩をすくめた。生活は苦しかったよ、とぼそぼそと言った。最初は貸本をやっていた。エッサ・デ・ケイロース、カミーロ・ペサーニャ[47]、ジョルジェ・アマード。本を買う余裕のある人は少なかったからね。それから父は、リスボンの古書店や、特別な顧客に本を箱詰めにして送るようになった。独立前に続いて起きた暴動を恐れて国を出た入植者たちの見事な蔵書を、父は二束三文で買い集めていたんだ。十九世紀アンゴラの新聞記事の縮刷版を、銀の指輪一つと引き替えに譲

47　ポルトガルの象徴主義の詩人（一八六七―一九二六年）。

り受けたりしたものだった。状態もいい、百冊以上ある医療関連の蔵書は、絹のネクタイ一本で、歴史関連の書籍十五箱は六ドルで買えた。後年、昔の入植者たちが本を買い戻しに父のところにやってきたよ。十冊一組、正規の値段でね。

「いい稼ぎになったよ」

熱が床から立ち昇っていた。ドアのひびから湿っぽい微風が入り、ゆるやかな波のように、潮の匂い、そのささめき、魚たちの驚き、薄い月明かりを運んできた。アンジェラ・ルシアの肌が輝いていた。ブラウスが胸にぴたりと張りついている。フェリックスは上着を脱がないままでいた。その内側で焦がれていたのだろう。わたしは、とにかく潜り込める涼しい割れ目を求めて、台所まで行った。そこの一番高い窓からは、庭の石塀越しにスラム街の賑やかな光が見え、さらにその向こうには漠とした黒い深淵と星があった。黒い深淵は海だ。わたしはそこで、長い時間、海を見ていた。その静寂に潜っていく自分を想像した。かつてのように、闇雲に、波打つ心臓、水をかく両手、冷たい水に触れてぞくりとする足先、それが両脚から腹まで這い上ってくる感覚。想像しながら、爽やかな気分を得た。居間に戻ると、フェリックスは上着を脱いでいて、テレビの前の大きなクッションに身を預け、両腕にアンジェラを抱いていた。天井に据え付けられた扇風機の羽根がのんびりと回りながら、ぬるい空気を壁に打ちつけていた。数世紀分の埃と、ダニと、古《いにしえ》の作家たちの魂が、居並ぶ分厚い本から飛び出して舞い上がり、靄のように、ぼやけた夢のように、テレビのちかちかする光を受けて輝いていた。音のない白黒の画面では、大統領が何かの議会の長を務めている。拳を突き上げる大統領。運動着姿でサッカーに興じる大統領。ほかの大統領たちに挨拶している大統領。その後はカラーになって、大統領は公園の完成式典に出席していた。「シャーヴェスの古き英雄たちの公園」という看板が見えた。[48]アンジェラが笑った。フェリックスも笑った。大統領はテープカットをしている。フェリックスはアンジェラのほうを向いて、唇に口づけをした。すると彼女は、少し驚きながらも、目を閉じてそれを受け入れた。彼女の喉が鳴るのが聞こえた。フェリックスがアンジェラのブラウスを脱がそうとすると、彼女はその手を止めた。

「だめ。それはだめなの。それはしないで」

そして両脚を上げると、上品な仕草で下着を脱いだ。ブラウスが身体に張りつき、踊る胸の丸みと、その下の平らな腹を窺わせた。それから身体の向きを変え、フェリックスの上に乗って跪いた。水泳選手のような美しく広い肩が、ウェストの細さを際立たせている。わが友はため息をついた。

「本当にきれいだ……」

48 二十世紀初頭に共和派対君主派による内戦が起きたポルトガル北部の町。

アンジェラは彼の顔を両手で包み込み、口づけをした。長い口づけ。

わたしは思わず息を呑んだ。

＊＊＊

母さんはわたしよりも少し年上だった、言うまでもないことだが。二人とも歳を取るにつれ、互いに寄り添いながら、つねに寄り添い合いながら、歳の差が次第に縮んできたのだ。それに母は、どうもわたしよりもゆっくりと歳を取っていたように思う。ある時期から、連れ立って出かけたりすると、母のことを「奥さん」と呼ぶ人が出てきた。もう少し長生きしていたら、娘さん、と言われたことだろう。当然、そういうちょっとした間違いは母を喜ばせた。母は、いつまで経ってもわたしのことを、坊やと呼んだ。百歳を前にしてこの世を去ると決めたときですら、わたしの暮らしぶりに口を出したがっていた。

「坊や、帰りがあまり遅くならないようにね」など。

そしてわたしは、もはや八十歳近かったというのに、家に着くのが真夜中過ぎになるとびくびくしたものだ。女友だちと外出なぞした日には、母さんを心配させないよう三十分ごとに家に電話せねばと思い込んでいた。母はいつでもわたしを待っていた、絶望的な心持ちで、監視するように、猫を膝に乗せて。

「坊や、お酒を飲んではだめよ」

それでわたしは、バーでもミルクを頼む。友人はみんな、わたしのことを優しくからかいながら、自分たちはウィスキーやらビールやらを飲んで酔っぱらっていた。母さんはさらに、いつか離れていってしまう可能性がありそうな女性とは、徹底的に距離を置くよう言い含めた。それでいて、正直に言って醜い、さらには頭も鈍い娘たちを押しつけた。いつかわたしが嫌になるのを見越していたのだ。そうして、こんなふうに諌めた。

「坊やは選り好みしすぎるのよ。そんなんじゃ、ずっと独身のままよ」

自分を正当化しようとしてこんな話をしているのではない。自分の女性嫌悪を、母さんの熱意や哀れな父の厳しさのせいにするつもりはない。わたしがわたしであったのは、ほかの人間になる勇気をもちえなかったからだ。今、わたしは、フェリックス・ヴェントゥーラが愛する女性の震える身体に指を這わせているところを、柔らかな言葉を耳に吹き込むのを、寝室まで彼女を抱いて運ぶところを（彼女はわざとらしく抵抗して、幸せそうな笑い声を立てて叫んでいる）、そしてベッドに寝かせるところを見ている。そして最後に、疲れ切って眠り込むところを。そうして、なぜ、わたしがここに行き着いたのかを理解しはじめている。

＊＊＊

フェリックスは、右腕を女の胸の上に、手は乳房の上にのせて眠っている。アンジェラは目を開けている。ほほ笑んでいる。彼の腕をそっと外し、起き上がり、花柄のブラウスだけを身に着ける。脚は長く、まっすぐで、踵まで信じがたいほどほっそりとした線を描いている。音を立てずに寝室の反対側まで歩き、指先で暗闇をはねのけて、バスルームのドアを開け、明かりをつけて中に入る。ブラウスを脱ぐ。顔を洗い、続いて肩を、脇の下を洗う。背中にいくつもの傷痕があることに、わたしは気づく。それは丸く、黒ずんでいて、まるで黄金のビロードのような肌への侮辱であるかのように、盛り上がっている。鏡に映る姿を見ると、どうやら同じような痕が、乳房にも、腹にもあるようだ。わたしは寝室に戻る。フェリックスはもぐもぐと寝言を呟いている。サバンナ、という言葉は聞き取れた。彼と話がしたい。今、わたしも眠れば、きっと彼に会えるだろう、粗い麻で仕立てた白いスーツを着て美しいパナマ帽を被った彼と、背の高いバオバブの木の下で、夢の中で彼が歩いているサバンナのどこかで。

ジリン、ジリン！

玄関のチャイムだ。ジリン、ジリン！　切迫した音だ。ドアを叩く音。ジリン、ジリン！　フェリックスはベッドから飛び起き、幽霊のような真っ白な裸の姿で枕元の照明に手を伸ばし、明かりをつける。アンジェラ・ルシアが、驚いて彼の隣にやってくる。身体にタオルを巻きつけている。

「誰？」

「え？　いや、わからないよ。誰かが玄関のドアを叩いている。今、何時だろう？」

「夜よ。四時二十分」と、アンジェラは時計も見ずに言う。それから時計を確認して、あらためて言った。「うん、四時二十分だわ。わたし、いつも時間を当てられるの。誰だと思う？」

「見当もつかないよ！」

ジリン、ジリン！　ジリン、ジリン！　ドアを叩く音。誰かが呼んでいる。フェリックスは衣装棚を開けて白いガウンを取り出し、それを羽織る。アンジェラが立ち上がる。

「待って」と言う彼女の声はかすれ、ささやくようだった。「行かないで」

「行かないと。きみはここにいて」

わたしは天井をつたい、走って後を追う。フェリックスは居間の窓から外を覗く。バルコニーは闇に覆われている。ジリン、ジリン！　彼はドアを開けることにする。エドムンド・バラッタ・ドス・レイスがフェリックスの腕の中に飛び込んできて、彼を押しのけ、ドアを閉める。

「まずいぞ、同志。奴らが追ってきてる。すぐそこまで来てるんだ。殺されちまう」

「奴らだって？」

バラッタ・ドス・レイスは下着のパンツに裸足という姿だった。ソヴィエト社会主義共和国連邦のTシャツは、驚きのあまり、本来の赤さを取り戻したようにも見える。あるいは、本当に血の色なのか。エドムンドは白髪交じりの髪を激しく振る。目玉が飛び出しそうだ。室内を走り回っている。そして、窓の日よけを下ろす。フェリックスはいらいらしながらその様子を監視する。

「落ち着いて。座って、落ち着いて。お茶を淹れよう」

そう言って台所に向かう。エドムンドもついてくる。彼は台所の日よけを下ろし、窓の鍵も閉め、ようやく少しだけ息をつく。両手をテーブルについてベンチに腰掛け、フェリックスは湯を沸かしはじめる。

「スープはないかね？　俺はスープが飲みたいんだが」

アンジェラ・ルシアが台所の入口に姿を現す。膝まで丈のある男物の青いシャツを着ている。衣装棚で見つけたのだろう。フェリックスのスリッパを履いているが、これまた大きすぎる。こんなものを身に着けていると、やけにか弱く見える。子どもみたいだ。エドムンドは慌てる。

「お嬢さん、すまないね。邪魔するつもりはなかったんだが」

「どうしたの？」

フェリックスは肩をすくめる。

「エドムンドを殺しに誰かが来るらしいよ。紹介するよ。この人はエドムンド・バラッタ・ドス・レイス、国の元諜報員《エイス・アジェンテ》。あるいは、本人の言葉を借りれば元人間《エイス・ジェンテ》。彼の話はしたよね」

「誰に殺されるの？」

「殺されそうだが、スープは飲みたいそうだ。スープを出してあげたら……」

ジリン、ジリン！　ジリン、ジリン！　ジリン、ジリン！

エドムンド・バラッタ・ドス・レイスは両膝の間に顔を隠す。フェリックスは身震いする。

「静かに。誰だか見てくる。なんとかするから、二人ともここにいて。アンジェラ、彼を出さないでくれ」

フェリックスは居間に戻る。ふうっと息をついてから、玄関に行き、ドアを開ける。かつての人生で、わたしもこういう人たちを知っていた。風に揺れる枝葉の音に飛び上がり、ゴキブリも、言うまでもなく警察、弁護士、さらには歯医者も怖がるのに、いざ口から炎を吐き出すドラゴンが姿を現すと、立ち上がり、面と向かう人たちだ。そんなときの彼らは平静で、天使のごとく冷徹だ。

「なんの用だ？」

ジョゼ・ブッフマンが飛び込んでくる。右手にピストル。震えている。声はさらに強く震えている。

「あの下衆野郎はどこだ？」

「まずは、その武器をこっちに渡してくれ。うちに武装した人間を入れるわけにはいかない」

フェリックスの声はしっかりしていて、荒らげもせず、相手がこちらに従うだろうと確信に満ちていた。ところが、向こうは彼を無視する。急いで廊下を走り、まっすぐ台所に向かう。フェリックスは押しとどめようとしながら追いかける。わたしも走る。こんな騒動を見逃してなるものか。アンジェラ・ルシアが、ドアの前で両腕を広げて立っている。彼女自身がドアのようだ。

「通さないわよ!」と、激しい声音で言う。「まったく！　どこの地獄から来たのよ？」

エドムンド・バラッタ・ドス・レイスの声が聞こえる。我を失い、怒鳴っている。それから姿が見える。立ったまま壁に寄りかかり、両腕はだらりと垂れている。Tシャツが赤く、薄い胸の上で光る。鎌の刃と、槌の金が、一瞬、ちかりときらめく。それから、みんな暗くなる。

「そうさ、お嬢さん、奴は地獄に落ちたんだ！　過去という地獄にな！　極悪人が落ちるところさ」

ジョゼ・ブッフマンは、前をアンジェラ、後ろをフェリックスに挟まれ、しかも彼には腕を摑まれている。顔はアンジェラの顔に密着している。ジョゼ・ブッフマンは取り憑かれたように叫ぶ。その姿を見て、巨人のようだとふと思う。首筋の血管が太くなり、どくどくと脈打っている。

彼は前に身を乗り出す。

「そうとも、わたしは過去に落ちた！　では、わたしは誰だ？　言ってみろ！　わたしは誰なんだ?」

そう叫ぶと、腕を振りほどき、アンジェラを突き飛ばし、すさまじい勢いで飛び出していく。エドムンドに飛びかかり、首を左手で摑み、無理やり足元に跪かせる。首筋にピストルの銃口をぐっと埋め込む。

「わたしが誰なのか、この二人に言ってみろ!」

「幽霊だ。悪魔め……」

「わたしは誰だ?」

「反革命主義者。スパイ。帝国主義者の手先……」

「わたしの名は?」

「ゴウヴェイア。ペドロ・ゴウヴェイアだろ。七七年のあの日、殺しておけばよかった」

ジョゼ・ブッフマンは彼を蹴った。一回。二回。三回。四回。五回。黒く重たいブーツが、肉に当たって鈍い音を立てる。エドムンドは声を立てない。襲撃から身をかわそうともしない。腹を、胸を、口を、まともに蹴られている。ブーツが赤く染まる。

「くそ野郎!　くそ野郎!」

ジョゼ・ブッフマン、あるいはペドロ・ゴウヴェイアが、いずれの名にせよ、ピストルをテーブルに置く。ハンカチを取り出してブーツを拭う。そしてまだ、くそ野郎!　くそ野郎!　と叫び続けている。まるで相手の血のせいで、自分の足が焼けているかのように。それからベンチに崩れるように座り込むと、両手で顔を覆い、大声を震わせて泣き出した。全身が震えている。エドムンド・バラッタ・ドス・レイスは、台所の隅に這いずって逃げる。背中を壁に預け、両脚を投げ出して座り、にやりと笑う。

「おまえのことは忘れんぞ。あの女のこともな、マルタだ。マルタ・マルティーニョ、知識階級の闘士、詩人、画家、それになんだったかな。あいつは子を孕んでいた、もうすぐ生まれるころだったな、でかい腹をしていたよ。丸い腹だった。真ん丸のな。今でも目の前に見えるようだぜ……」

フェリックスは、台所から廊下に出るドアのそばで、アンジェラと抱き合いながら、驚愕して口をつぐんだまま、目の前の光景を見ている。ペドロ・ゴウヴェイアは泣いている。エドムンド・バラッタ・ドス・レイスの言葉が耳に入っているかはわからない。この元諜報員は愉快そうに見える。この男の声が、硬く、冷たく、夜の静寂に響いている。

「もうずいぶん前のことだ、そうだろ？　戦争のころだ」そう言って、アンジェラを指さす。「お嬢さんはまだ生まれてもなかっただろう、無責任なプチブルジョワどもが、力ずくで政権を取ろうとしたときだ。俺たちもガツンとやってやる必要があった。『法廷なぞにかける時間はない』と、国家建設のときにあの爺さんが言っていただろう。そのとおり、時間はなかった。やるべきことをやったんだ。オレンジは、一個腐れば、籠から取り出してゴミ箱に捨てる。そいつを捨てないと、ほかのオレンジもみんな腐っちまうからな。一個捨て、二個、三個捨て、ほかのオレンジを救うんだ。俺たちがやったのはそういうことさ。俺たちの仕事は、腐ったオレンジといいオレンジを分けることだ。このゴウヴェイアって野郎は、リスボン生まれだから、自分は逃げられると思い込みやがった。ポルトガル領事に電話をかけたんだぜ、『領事さん、わたしはポルトガル人です、これこれの場所に隠れています、どうか助けに来てください、ついでにわたしの妻もお願いします、黒人ではありますが、わたしの子を身ごもっているんです』ってな。ハ、ハ、ハ！　そのポルトガル領事がどうしたか知ってるか？　この二人を迎えに行って、そのまま俺の手に引き渡したんだよ。ハ、ハ、ハ！　その領事に俺は何度も礼を言ったさ、同志、あなたは真の革命家だ、なんて言ってやったぜ、固く抱き合ったりしてな、実のところは反吐が出そうだったさ、当たり前だろう、俺にだってまともな心はあるんだ、本当はそいつの顔に唾を吐きかけたかった、だが抱き合った、そう、領事と別れてから女の尋問に取りかかった。二日間、女は耐えた。それから出産したんだ、その場でな、ちっちゃな女の赤ん坊だ、これくらいの大きさで、血、血、あのときを思い出すと、目の前に見えるのは血だ。マベッコというムラートがいてな、南部の出身で、もうだいぶ前に死んだがな、阿呆らしい死に方だった、リスボンのどこかで二か所ぐさっとやられたらしい、誰に刺されたのか、いまだに不明だが、そのマベッコがカッターでへその緒を切って、それから煙草に火をつけて赤ん坊を虐めにかかった、背中や胸を煙草で焼いたんだ。ちくしょう、血だ！　女は、マルタといったな、満月みたいな真ん丸の目をしていた、あの女が夢に出てくるのはきつい、赤ん坊は泣き叫んでいた、肉の焼ける臭いがした。今だって、横になって眠りかけると、あの臭いがして、赤ん坊の泣き声が聞こえる……」

「だまれ！」

フェリックスが厳しい声音で怒鳴る。聞いたこともないような声だ。さらに言う。

「だまれ！　だまれ！」

わたしのいる場所、衣装棚の上から、彼の後頭部が怒りに燃え立って光っているのが見える。アンジェラから身を離すとエドムンドのところに行き、拳を握りしめて怒鳴る。

「失せろ！　出ていけ！」

元諜報員は苦労して立とうとする。すっかり立ち上がると、軽蔑のまなざしでジョゼ・ブッフマンを見て、同時に乾いた笑い声を立てた。

「もう、一点の曇りもないぞ。ゴウヴェイア、おまえだな、この煽動者め。例の領事のところに行く前は暴動集会でよく笑っていやがった。牢屋では泣いてばかりいた。めそめそ、めそめそ、女みたいにな。今でも泣き虫で弱虫のゴウヴェイアが目に見えるぜ。復讐、それがしたかったのか？　おまえには無理だよ。そんなタマはねえ。男を殺すのは、男じゃなくちゃな」

すると、
　まるで
　　緩慢な
　　　踊りのように、
アンジェラが台所の奥へ、
テーブルの脇を通り、
右手でピストルを握ると、
左手でフェリックスを押しのけ、
エドムンドの胸に向けて、
　　　　　　　　撃つ。

ブーゲンビリアの叫び

裏庭の、フェリックス・ヴェントゥーラがエドムンド・バラッタ・ドス・レイスの痩せた身体を埋めた場所には、今、ブーゲンビリアの真紅の花が咲き誇っている。ブーゲンビリアは瞬く間に伸びた。いまや、石塀の大部分を覆っている。外側の通りにも垂れ下がるその様子は、高揚しているようでもあり――告発しているようでもあるが――、いずれにせよ、気に留める者はいない。数日前、わたしは初めて、裏庭に出てみることにした。心臓を波打たせながら、塀をよじ上った。太陽がガラスの破片に反射していた。見えたのは、たいそう広い道路、赤い土、道路の向こうにごたごたと並ぶ古いぼろ家。人々は、ブーゲンビリアの叫びには無関心に通り過ぎていった。わたしは、雲のない広い空、光の重たい沈黙、円形を描いて飛ぶ小鳥の群れに恐怖を覚えた。あわてて安全な家の中に駆け戻った。太陽に朦朧とし、わたしの皮膚は傷めつけられるが、それ

でも、通っていくあの人たちをもっとゆっくりと観察してみたいと思う。

フェリックスはずっと沈んだ様子だ。わたしと話すことも、ほとんどない。それでも、今日の彼は沈黙を破った。帰宅後、サングラスを外して上着の内ポケットにしまい、その上着は脱いで椅子の背にかけた。それから書類鞄を開いて、わたしに小さな封筒を見せてくれた。四角い、黄色い紙の封筒だ。

「また写真が届いたよ、ね、ほら。まだ、ぼくたちのことを忘れてはいないんだね」

封筒を破らないように気をつけながら開いた。ポラロイド写真が一枚。きらめく川にかかる虹だ。右上の隅で、裸の少年が飛び込もうとしているのがシルエットでわかる。アンジェラ・ルシアは写真の端に青のインクで「パラー州、プラーシダス・アグアス」、そして日付を記していた。

フェリックスは、画鋲の詰まった箱を取りに行った。色とりどりの丸い頭がついた小さな画鋲だ。派手な緑のを一本選ぶと、写真を壁に留めた。それから、三歩下がって出来栄えを眺めた。居間の窓の向かいの壁は、ほぼ写真で覆われていた。まとめて見ればステンドグラスのようでもあり、デイヴィッド・ホックニーによるポラロイド写真の実験を思わせる。全体的に青が強い。

フェリックス・ヴェントゥーラは柳編みの椅子をその壁に向けて、腰を下ろした。そのまま、身動きもせず、口も開かず、夕暮れの薄光がポラロイド写真の中の不死の光とぶつかり、息絶えていくさまを見つめていた。瞳には涙が浮かんでいる。それをハンカチで拭うと、わたしに向かってこう言った。

「わかってるよ。彼女を許してやれと言うんだろう。残念だが、友よ、それはできない。ぼくには無理だと思う」

仮面の男

たった今、入ってきた男は誰かを思わせる。だが、それが誰なのかわからない。背が高く、ほっそりとして、身なりがいい。短く切りそろえた白髪交じりの髪は上流階級の雰囲気を醸すが、広い顔、粗野な風貌が、即座にその印象を打ち消している。一頭の虎のように、眠たげな午後の光をくぐって歩いてくるのが見える。フェリックスが差し出した手を無視し、それから、どこか気だるげに、革製のソファに脚を組んで座る。深々と息をつく。ソファの肘を指でとんとんと叩く。

「今から、ありえん話を聞かせてやろう。なんでこの話をするかっていうと、おまえは俺を信じやしないと知っているからだ。この、ありえん話、俺の人生の話を、もっと単純で堅実な話と取り替えたい。普通の男の話と。俺はおまえにありえん真実を差し出すから、その代わり、どこにでもある、使い勝手のいい話を俺にくれ。どうだ？」

滑り出しは上々だ。フェリックス・ヴェントゥーラは、興味を引かれて腰掛ける。

「この顔が見えるか？」と、男は両手で自分の顔を指さす。「これはな、俺の顔じゃない」

そして、長い時間、黙り込む。言いよどんでから、ようやく話しはじめる。

「顔を盗まれたんだ。なんというか、どう説明すればいいのか。顔を盗まれちまったんだよ。あるとき、目を覚ましたら整形外科の手術を受けさせられていた。病院にはドル紙幣が詰まった鞄と、葉書があった。『ご苦労だった――業務は以上で完了』。葉書にはそう書いてあった。俺は死んでいたっておかしくはなかった。なぜ奴らが殺さなかったのか理解できん。この状態なら、死人同然と思っているのかもしれない。あるいは、俺の苦しむ姿を見たかったのか。初めはそうだろうと思っていた。最初の数日間は、たしかに苦しんだ。訴えてやろうとも思った。友人たちを探した。俺だと信じてくれない奴らもいた。信じてくれる人もいた、今のこの仮面を被っていても、俺しか知らないことを知っていたりしたからだ。だが、信じていないふりをされた。信じてくれと言い募るのは危険に思えてきた。それが、その後、今日みたいな午後に、イーリャの端にあるバーのテラスに座っていて、ふいに、喩えようのない喜びが沸き上がってくるのを感じたんだ。その感情をなんと言うべきか、そのときはわからなかったが、今はわかる。自由だ！　この状況のおかげで、俺は自由な人間になったんだ。生活手段はある。金を引き出せる銀行口座が外国にあり、人生の最後の日まで不自由なく暮らしていけるだろう。それに、俺にはなんの責任もない。批判も受けず、後悔、嫉妬、憎しみ、恨み、陰口とも無縁だし、なにより、いつか裏切られるんじゃないかという恐怖もなくなった」

フェリックス・ヴェントゥーラは困惑して頭を振る。

「ぼくも以前、頭のおかしな男を知っていましたよ。街をうろついては、交通の邪魔をしているような不幸な男たちの一人です。奇天烈な説を唱えていましたよ、大統領が替え玉に取って代わられた、ってね。あなたの話を聞いていると、まるで……」

男は好奇心をむき出しにしてフェリックスを見ている。さっきよりも声が穏やかになっている。というか、夢でも見ているかのようだ。

「すべての話は繋がっている。最後にはすべてが繋がるんだ」一息つく。「だが、正気を失った者のうちでも、ほんの一握りの、本当に正気を失った、本当に一握りの者だけにわかるんだよ。ようするに、俺がここに来たのは、普段、きみが頼まれているようなものと正反対の頼みごとをするためだ。俺は、慎ましくて地味な過去がほしい。なんの輝きもない名前が。貧しくも明白な家系。家柄もなければ、輝かしい過去もない金持ちだっているだろう？　俺はそういう一人になりたいんだよ」

夢　第六番

わたしたちの眼前には、とても高く、広く、奥行きのある鳥かごがあり、そこからは断続的に鳥たちの明るい鳴き声が、前触れもなくかすかに聞こえてくる。インコ、文鳥、タイランチョウ、エボシドリ、コキジバト、ハチクイ。わたしたちは、わさわさと葉の生い茂る、薫り高いマンゴーの木陰で、だいぶ使い込まれたプラスチックの椅子にそれぞれ座っていた。左手には背の低い、白く塗られた日干し煉瓦の塀があった。たわわに実をつけた、たいそう高いパパイヤの木々が、塀の脇で、ムラータ（白人と黒人の混血の女性）のようにくねくねと艶めかしく揺れていた。家のある右手に目をやると、オレンジ、レモン、グアバの木々がずらりと並んでいる。さらにその向こうには、一本の巨大なバオバブの木が畑一帯を覆っている。その大木は、これはただの夢だと思い出させるためだけに、そこに据えられているように見えた。純然たる作り話。雛鶏たちは赤い土と青々と

した雑草をつつき回り、後ろにひよこの群れを引きずるようにして従えている。ジョゼ・ブッフマンは、清々しい勝利の笑みを向けてきた。

「よく来てくれたな。これが、ささやかながら、わたしの領地だ」

彼が手を叩くとすぐに、丈の短いワンピースを着てプラスチックのサンダルを履いた、遠慮がちな痩せた少女が物陰から姿を現した。ブッフマンは、自分には冷たいビール、わたしにはピタンガ[49]のジュースを頼んだ。少女は、無言で頭を下げ、いなくなった。しばらくすると戻ってきたが、手にしている鮮やかな色の盆の上には、瓶ビールが一本、グラスが二個とジュースの入った水差しが載っていた。おそるおそるジュースを味見した。うまかった。酸味と甘みが合わさり、しっかりと冷えていて、どれだけ暗く陰った心にも光を灯すことができそうな香りがした。

「ここはシビアだが、そんなことはとっくに気づいているんだろう、え？　この土地をわたしに作り出してくれたことを、われらが友フェリックスにはどれだけ感謝してもしきれないと思っている」

「一つ、お訊ねしてもいいですか？　このあたりの墓場に、本当にマテウス・ブッフマンの墓碑があるのですか？」

「あるとも。すっかり崩れてしまった墓碑がいくつもあった。そのうちの一つがそれさ、いいじゃないか？　それがわたしの父の墓碑だ。わたしが作り直させた。きみも見ただろう。あの写真を見たはずだ」

「そういうことですか。それでは、エヴァ・ミラーの水彩画は?」

「あれは実際にケープタウンの骨董屋で見つけたんだ。いい店だったよ、あらゆるものをちょっとずつ売っていてね、宝石から、写真のアルバムから、古い写真機もあった。エヴァ・ミラーなんて、ありふれた名前さ。同じ名前の水彩画家なんて、世界には何十人といるだろう。彼女の死亡記事、ヨハネスブルクの『オ・セクロ』紙に掲載されたあれは、たしかにわたしが作り出したものだ。古いポルトガル語の活字を使ってね。フェリックス自身に、わたしの経歴を信じ込ませる必要があった。彼が信じるなら、どんな人間も信じるだろう。今となっては、自分自身でも信じているくらいさ。後ろを振り返り、過去を眺めてみると、わたしには二つの人生がある。一方では、わたしはペドロ・ゴウヴェイアだったし、他方ではジョゼ・ブッフマンだった。ペドロ・ゴウヴェイアは死んだ。ジョゼ・ブッフマンは、シビアに帰郷した」

「アンジェラが自分の娘だということは?」

「知っていた。わたしが出所したのは一九九八年だ。そのときのわたしは壊れていた、完全に壊れていた。肉体も、モラルも、精神も。エドムンドがわたしを空港に連れていき、ポルトガル行きの飛行機に乗せたんだ。わたしを待つ人など誰もいなかった。ポルトガルの親戚は、少なくとも付き合いのあった親戚はみんないなくなっていて、天涯孤独だった。母は、かわいそうに、わたしが拘留されている間にルアンダで死んでしまった。父は、すでにほかの女性とリオ・デ・ジャネイロで何年も前から暮らしていた。父との交流は、もともと薄かった。わたしは、生まれはリスボンだが、まだしゃべれもしない赤ん坊のときにアンゴラに渡った。ポルトガルこそがおまえの国だと、囚人にもポリ公にも言われたが、自分がポルトガル人だという気はしなかった。リスボンでは二、三年暮らし、週刊誌の校正の仕事をやっていた。そこで新聞社のカメラマンと出会ったおかげで、写真に興味をもつようになったんだ。写真の短期講座を終えると、パリに渡り、そこからベルリンに移った。何年も、数十年もの間、報道写真家として世界を巡ったよ。戦争から戦争へと、自分のことを忘れるために。それで相当の金を稼いだ、相当どころじゃない、一財産を築いたが、その金で何をすればいいかもわからなかった。心惹かれるものなど何もなかった。人生、ずっと逃げていたんだ。ある午後、ある場所から次の場所に移る経由地としてリスボンに滞在していたときのことだ。母がよく作っていた鶏のモツ煮込みの匂いに惹かれて、レスタウラドーレス広場の、とあるレストランに入った。するとそこで昔の同志にばったり出くわした。そのとき初めて、アンジェラのことを聞かされた。あの下衆野郎、エドムンドは、尋問のたびに、どうやってわたしの妻を殺したかをわたしに話して聞かせて楽しんでいたんだ。赤ん坊も殺したと言っていた。だが、結局、殺してはいなかったんだ。母親の前で虐待したと、きみも聞いただろう。だが、殺しはしなかった。赤ん坊は、マルタの姉のマリナに引き渡されていたんだ。そしてマリナが育ててくれた、実の娘のように。それを聞いて、わたしは心底絶望してしまった。すでに何年も経っていて、自分は歳を取ってしまった。娘に会いたい、娘と一緒にいたい、だが、真実を伝える勇気はなかった。それからのわたしは取り憑かれたようだった。奴らと、エドムンドに対する憎しみと激しい怒りでいっぱいになった。あの男を殺してやる。あいつを殺せば、きっと娘の顔を正面から見ることができるはずだ。あいつを殺せば、わたしは生き返れるかもしれない。具体的に何をすればいいかもわからないまま、ルアンダにやってきた。誰かに気づかれるんじゃないかとびくびくしながら。泊まっていたホテルのバーのテーブルで、われらが友のフェリックス・ヴェントゥーラの名刺を見つけたんだ。〈お子さんたちにより良い過去を保証しませんか〉。上質の紙、印刷もきれいだった。そのとき、彼に仕事をしてもらおうと考えついたんだ。別の人格があれば、疑念を抱かれることもなく、この街をうろつけるだろう。エドムンドを殺して、そのまま消え去ることもできる。だが、あの男には、なぜ自分が死ぬかをわからせたかった、自分の犯した罪に向き合わせたかった。いや、心の奥では復讐したかったんだ。それもわかっていた。捜すのはなかなか骨が折れたが、とうとう見つけた。だが、あいつは正気を失っていた。少なくともそう見えた。あいつをフェリックスの家に連れていったのは、第三者の意見を聞きたかったからだ。フェリックスは、エドムンドは頭がおかしいと言った。そのとき、わたしは復讐をあきらめることにした。正気でない男を殺すわけにはいかない。その後、あいつが身を隠している側溝から出かけたのを見計らい、そこに入ってみた。するとどうだ、その不潔な穴には、マットレスと、汚い服、雑誌、マルクス主義の本があった、しかもだぞ、信じられるか？ 何十人という人間について、警察への報告書のまとめがあったんだ。わたしについての報告が一番上にあった。片手に懐中電灯、片手に報告書を握りしめたわたしが驚愕し、混乱してその場で凍りついているときに、罪人エドムンドが突然帰ってきた。側溝に飛び降り、わたしから二歩ほど離れたところに来たよ。手にはナイフがあり、笑っていた。ああ神よ、あの笑みといったら！ そして、こう言った。同志ペドロ・ゴウヴェイアよ、またおまえと二人きり、こうして顔を突き合わせることになるとはな。今度こそ、おまえは終わりだ――そうして襲いかかってきた。わたしは奴を蹴りつけて身を離し、ベルトからピストルを取り出した。ロッケ・サンテイロの市場で数日前に買ってあったんだ。そして、発砲した。弾は奴の胸に当たりはしたが、かすっただけだった。わたしは呆然として、懐中電灯も、何もかもすべて手から離し、奴は穴をよじ登っていった。両脚を強くつかんだが、奴は足を振り回し、身をくねらせ、わたしの手にズボンだけ残して逃げていった。わたしは追いかけ、あとはきみも知ってのとおりだ。あそこにいただろう。そのあと起こったことすべてをきみは目撃しただろう」

「アンジェラはどうなのですか？　あなたが父親だと気づいていたのですか？」

「気づいていたと言っていた。マリナは、あの悲劇について何年も黙っていたと、アンジェラから聞いた。だが、いずれはわかってしまうことだった。たぶん、同級生の誰かだと思うが、大学の友人が、におわせるようなことを彼女に言ったらしい。アンジェラはひどくショックを受けた。マリナにも、その夫にもつらく当たったそうだ。二人は彼女の両親、真の両親だった、素晴らしい人たちだったのに。それなのに、二人に対して激怒して、アンジェラはアンゴラを出ていってしまった。ロンドンに行き、ニューヨークに行った。わたしが写真家だと知ってから、自分も写真に興味をもつようになった。それから、わたしと同じように写真家になり、わたしと同じように根無し草になったんだ。数か月前、きみは、わたしも彼女もそろって写真家で、同じ時期に帰国したことを不思議に思ったはずだ。うん、今ならわかるだろうが、あれはまったくの偶然というわけではなかったのだよ。アンジェラは、わたしに会ってすぐ、あの夜だよ、覚えているかな？　きみの家で、あの夜、わたしに会ってすぐ、わたしを一目見た瞬間に、誰なのかわかったそうだ。どうだろうね。あの出会いのとき、わたしが思い出すのは、どんなに驚いたかということだ。わたしにとっては、奇妙な出会いだったよ。彼女が誰なのか、すぐにわかったさ。二人とも、何も言わなかった。口をつぐんだままだった。それから数か月、あの夜、わたしがエドムンドを撃ち、奴は自分を助けてくれそうな唯一の人間のもとに走った。フェリックス・ヴェントゥーラ、ガスパル先生の教え子、二人とも同窓で……」

ジョゼ・ブッフマンは、そこで口をつぐんだ。グラスに残るビールを長々と一気に飲み干すと、生い茂るマンゴーの葉にぼんやりと視線を沈めた。この広大な庭は居心地のいい場所だった。木陰が、噴水のように涼気を運んでくれる。けたたましい蟬の鳴き声が、一瞬、小鳥たちのさえずりと重なった。わたしは眠気を覚えた。目を瞑って眠りたかったが、こらえた。今ここで眠ってしまったら、次に目が覚めたときにはヤモリに姿が変わってしまうと確信していたのだ。

「アンジェラから連絡は?」

「あったよ。今ごろは、暢気にのろのろ進む船でアマゾン下りをしているはずだ、夜になるとハンモックを吊って眠るような船でね。あっちにはいくらでも空がある。水面には光がある。あの子が幸せでいてくれたらいい」

「あなたはどうですか? 幸せですか?」

「ようやく穏やかな日々を過ごせるようになった。恐れるものはない。不安もない。こういうのを、幸せと呼んでもいいのだろうな。きみ、オルダス・ハクスリーのこの言葉を知っているかな。幸福とは偉大なものではない、って」

「これから、どうするつもりですか?」

「見当もつかない。おそらく、孫ができるんじゃないかな」

フェリックス・ヴェントゥーラ、日記を書きはじめる

今朝、エウラリオが死んでいるのを見つけた。哀れなエウラリオ。ぼくのベッドの脚下に落ちていた。そばには大きな蠍もいた、おそろしい生き物だが、こいつも、エウラリオの歯に挟まれて死んでいた。エウラリオは闘って死んだのだ、勇者のごとく。自分にこんな勇気があるなんて、エウラリオ自身も思っていなかっただろう。一番上等な絹のハンカチに包んで、庭のアボカドの木の下に埋めてやった。西向きの、湿っぽくて、幹が苔に覆われている側を選んだのは、あそこならいつも日陰になるからだ。エウラリオは、ぼくと同じで、太陽が苦手だった。これから寂しくなる。今日からこの日記をつけはじめることにする。誰かが耳を傾けてくれているという幻想を保つために。彼ほどの聞き手はもう現れないだろう。一番の親友といえたと思う。たぶん、もう、夢で会うこともないのだろう。それどころか、彼の遺した記憶は、時を経るごとに、あたか

も砂の城だったかのように思えてくる。夢の記憶だ。もしかしたら、全部夢だったのかもしれない――彼も、ジョゼ・ブッフマンも、エドムンド・バラッタ・ドス・レイスも。庭のブーゲンビリアの木の下を掘り返してみるつもりはない、何も見つからないかもしれないと思うと、怖ろしいからだ。アンジェラ・ルシアのことは、もしも彼女も夢だったとすれば、ずいぶん素敵な夢を見たことになる。三、四日ごとに届く彼女からの便りは、本物らしいからだ。インターネットで、アルタイール書店から大きな世界地図を取り寄せた。バルセロナのアルタイールはお気に入りの書店だ。バルセロナに行くときは必ず、二、三日を確保してアルタイールに迷い込み、本や地図、写真集などを眺め、いつか旅することを計画しながら過ごすことにしている。たいていは机上の旅だ。地図は、居間の壁、アンジェラ・ルシアから届くたくさんのポラロイド写真の隣に掛けてあるコルクボードに貼った。絵葉書代わりのポラロイドには、どれも撮影場所のメモがあるので、彼女のたどっている道程は簡単にわかる（場所にはすべて緑の頭の画鋲を刺してある）。アンジェラはアマゾンをパラー州のベレンまで下ったのだ。その後は、車を借りるか、あるいは、おそらくこちらのほうがありうると思うが、バスに乗って、南に向かっているのだろう。マラニョン州のサン・ルイスからは、四角い帆を張る小舟が燃え立つようなシルエットの写真が届いた。〈アニル川にて、二月九日〉。四日後、紙飛行機を飛ばしている子どもの手の写真が届いた。奥には川が滑らかに流れている。ゆっくりとした太陽の下を流れる茶褐色の幅の広い川だ。〈パルナイーバ川のデルタ、カナリアス島にて、二月十三日〉。その次にどういう道をたどるつもりなのか、想像するのは難しくない。昨日、リオ・デ・ジャネイロ行きの飛行機のチケットを買った。明後日にはリオのサントス・ドゥモン空港からフォルタレーザに飛んでいるだろう。彼女に会うのは難しくないと思っている。ジョゼ・ブッフマンが、ベルリンで、信号機というたった一つの手がかりから同郷の男、アコレンタードを見つけることができたなら、雲の写真を撮るのが好きな女性を見つけることなど、わけないだろう。彼女に会って、何をするかはわからない。きみがどこにいたとしても、よき友、エウラリオよ、どうかぼくに正しい選択をするよう手を貸してくれ。ぼくは万物に霊が宿ると信じている。昔から信じていたが、それを自覚したのは、ついこの前のことだ。魂には水と同じようなことが起こる、つまり、流れるのだ。今日は川。明日は海になるだろう。水は容器の形に姿を変える。瓶の中にあれば、瓶のように見える。だが、水は瓶じゃない。エウラリオは、ずっとエウラリオだ、別の肉体に(あるいは肉に)なろうが、魚になろうが。「わたしには夢がある」マーティン・ルーサー・キングがそう群衆に説く白黒のイメージが、ふと記憶に浮かぶ。その前に、彼はきっとこう言ったはずだ。「わたしは夢を作った」と。よく考えてみると、夢を持つことと、夢を作ることは、少し違う。

そう、ぼくは夢を作ったんだ。

リスボンにて、二〇〇四年二月十三日

訳者あとがき

アンゴラの作家、ジョゼ・エドゥアルド・アグアルーザの作品『過去を売る男（原題は *O Vendedor de Passados*）』をお届けする。原書の出版は二〇〇四年、著者の長篇第六作、邦訳書としては拙訳による『忘却についての一般論』（白水社、二〇二一年）に続く二作目となる。

「フェリックス・ヴェントゥーラと申します。お子さんに素敵な過去を買ってあげてはいかがです」と売り込むアルビノの男がある晩アグアルーザの夢に現れたのだそうで、それがきっかけで本作ができたという（これだけでなく、彼の作品の多くが夢から生まれているのだそうだ）。「過去を売る」などという奇妙な商売が成り立つこともありえそうな、本作の舞台となったアンゴラという国の背景をまずは簡単に説明しておこう。

アンゴラはアフリカの南西部に位置する広大な国である。大航海時代にポルトガル人に「発見」されて以来、ほぼ五世紀にわたりその支配下にあったが、欧州の植民地であったアフリカ諸国が次々に独立を果たした一九六〇年代、アンゴラでも解放組織による暴動が頻発し、戦争へと発展していく。「本国」ポルトガルで政変が起きて長年続いた独裁政権が倒れ（カーネーション革命）、翌年の一九七五年にアンゴラは独立したものの、直後に泥沼の内戦へと突入する。東西冷戦の代理戦争の様相を帯びた内戦では自国民同士が激しく争い、秘密警察が暗躍し、密告、不当な逮捕、処刑、私刑が日常的に行われていた。戦火が収まったのは二〇〇二年。暴動が起きはじめたころから数えると、実に四十年もの間、アンゴラの人々は暴力と戦闘に怯える日々を送っていたことになる。本作は、内戦終結直後のアンゴラの首都ルアンダを舞台にした「記憶」を巡る物語である。

嘘と真。「誰か」である自分と「誰かであったはず」の自分。ここに登場する人物はみな謎めいている。まずは、主人公のフェリックス・ヴェントゥーラだ。著者の夢に現れたというこの若者は、夢そのままにアルビノの黒人で、戦後の混乱に乗じて地位を得たものの自らの過去に満足しない人々に輝かしい過去をまことしやかに作り上げて提供することで生計を立て、家に棲むヤモリを話し相手に暮らしている。突然訪ねてきて彼の顧客となったある外国人は、フェリックスが作り上げた自らの偽りの過去に惚れ込み、実在しないはずの両親の足跡をたどってその存在を確かめ、この過去こそが真実だと主張しはじめる……。

そして、もっとも謎めいた人物（？）が本作の語り手、ヤモリのエウラリオだ。家の中を自在に這い回り、ときに窓に張りついて夕焼けの眺めを楽しみ、ときにフェリックスと客の会話に耳をそばだてているこのヤモリには、かつて人間だったころの記憶がある。また、夢の中では人間の姿を取り戻し、お茶を飲みながらフェリックスと語らったりもする。このヤモリの前世が誰であったのかについては、本作の冒頭に引用された文章がヒントとなるだろうし、ときおり挿入される昔の記憶の断片を読んで、はたと気づく読者もおられることだろう。その他にも、架空の人生、複数の名、変身といったモチーフがペソーアやカフカを彷彿とさせたり、多数の作家名が登場したり、いたるところで見つかる文学好きの読者への目配せが本作の読みどころの一つでもある。

著者のジョゼ・エドゥアルド・アグアルーザは一九六〇年にアンゴラのノヴァ・リスボア（現ウアンボ）に生まれた。ポルトガルの大学に入学し、農学を専攻したものの途中で進路を変更し、ジャーナリストを経て作家となった。長篇第一作は、ジャーナリスト時代に集めた史料などを基にして書いたという歴史小説『まじない（*Conjura*）』（一九八九年）で、その後も、アンゴラ、モザンビーク、ポルトガル、ブラジル、インドのゴアなど、ポルトガルと関係の深い国や地域にまつわる歴史と記憶を主題とした作品を多数発表している。アグアルーザ自身もこうした国々に暮らした経験があり、現在はモザンビークのイーリャ（モザンビーク島）にある海辺の住まいとポルトガルのリスボンに拠点を置いて精力的に文筆活動を行なっている。

本作『過去を売る男』は英訳（*The Book of Chameleons*）が二〇〇七年に英国のインディペンデント紙外国文学賞を受賞し、当時は世界の文学界でほぼ未知の分野であったポルトガル語圏のアフリカ文学に関心の目を向けさせる扉を開いた。二〇〇九年に『父の妻たち（*As Mulheres do Meu Pai*）』がふたたび同賞にノミネートされた後、『忘却についての一般論』は二〇一六年の国際ブッカー賞最終候補に残ったのちに翌年の国際ダブリン文学賞を受賞した。本人は「自分がアフリカ文学の一端を担っているなどとは、おこがましくてとても言えない。アフリカは広くて多様なのだから」と謙遜するが、もっとも多く外国語に翻訳されているポルトガル語圏アフリカの作家はモザンビークの作家ミア・コウトと並びアグアルーザであるのは事実であり、近年目立つこれらの国々の若い作家の活躍の背景には彼らの功績がある。

本作は「記憶の罠」について語っているとアグアルーザは言う。「集団的記憶の構築は、個々のアイデンティティの構築に繋がる」「記憶は当てにならないし、説明がつかない。我々は自分で思うよりも脆弱なのだ。自分のもつ記憶のどれが真実で、どれが誤りだと意識できるだろうか」と。戦争によって過去を奪われた人々を描き、権力者を徹底的に揶揄している本作であるが、発表されたのは内戦終結からわずか二年のことであり、当時のルアンダの混沌ぶりを想像すると、「過去を売る」という商売は私たちが思うほど荒唐無稽ではなかったのかもしれないが、どうだろう。ちなみに、作中には当時のアンゴラ大統領とおぼしき人物も登場する。一九七九年に第二代アンゴラ大統領に就任したジョゼ・エドゥアルド・ドス・サントスは二〇一七年に退任するまで三十八年にわたる長期政権を敷いた人物だ。「アンゴラでは、文学作品が誰かの気を損ね、議論の対象となることもある。私の小説はそういう作品であり、『過去を売る男』は政治的な諷刺小説でもある」とアグアルーザは断言する。

「楽しいだけの物語は書かない」とアグアルーザは言うのであるが、彼の描く物語はどれも圧倒的に楽しく、面白いというのも事実である。映画的ともよく評されるが、本作は同タイトルでブラジルのルーラ・ブアルケ・デ・オランダ監督がミステリー仕立ての映画にしているし、『忘却についての一般論』はパレスチナのアンヌマリー・ジャシール監督が映画化権を獲得し、舞台をルアンダからガザに移して撮影されるという情報も入っている。

戦争は、人からも土地からも記憶を奪う。物心ついたときからつねに戦争が身近にあったと述懐するアグアルーザには、その残酷さが骨身に沁みているのだろう。彼の作品には、親を失った子、子を失った親、身一つで人生をやり直さなくてはならなくなった人、実にさまざまな不運に見舞われた人たちが登場する。それでも、彼らはただでは起きない。その底抜けの逞しさと明るさはアンゴラ特有のものなのか、あるいはアグアルーザが心の底にもつ、人への信頼の深さゆえなのか。ときに残虐な場面が描かれることはあっても、彼の作品はいつも光に包まれ、暖かさとユーモアがにじむ。どの作品にも、文学と音楽、そして人を愛してやまないアグアルーザの姿が透けて見える。

本作を訳すにあたり、ポルトガル語の解釈に行き詰まったときには清水ユミさんが救いの手を差し伸べてくださった。いつもほんとうにありがとう。そして、白水社編集部の金子ちひろさんにはこれ以上ないほど丁寧に訳稿を見ていただいた。また、さまざまな形で本書の出版にご尽力いただいた白水社のみなさんにも心から御礼申し上げたい。ありがとうございました。

二〇二三年三月

木下眞穂

訳者略歴
上智大学ポルトガル語学科卒業
訳書にパウロ・コエーリョ『ブリーダ』『ザ・スパイ』（以上、角川文庫）、『ポルトガル短篇小説傑作選』（共訳、現代企画室）、ジョゼ・エドゥアルド・アグアルーザ『忘却についての一般論』（白水社）、ゴンサロ・M・タヴァレス『エルサレム』（河出書房新社）、ジョゼ・サラマーゴ『象の旅』（書肆侃侃房）など
二〇一九年、ジョゼ・ルイス・ペイショット『ガルヴェイアスの犬』（新潮クレスト・ブックス）で第5回日本翻訳大賞受賞

〈エクス・リブリス〉
過去を売る男

二〇二三年五月五日　第一刷発行
二〇二三年五月三〇日　第二刷発行

著者　ジョゼ・エドゥアルド・アグアルーザ
訳者　© 木《き》下《した》眞《ま》穂《ほ》
発行者　岩堀雅己
印刷所　株式会社三陽社
発行所　株式会社白水社

東京都千代田区神田小川町三の二四
電話　営業部〇三（三二九一）七八一一
　　　編集部〇三（三二九一）七八二一
振替　〇〇一九〇-五-三三二二八
郵便番号　一〇一-〇〇五二
www.hakusuisha.co.jp
乱丁・落丁本は、送料小社負担にてお取り替えいたします。

誠製本株式会社

ISBN978-4-560-09082-4
Printed in Japan

エクス・リブリス
EXLIBRIS

ジョゼ・エドゥアルド・アグアルーザ　木下眞穂 訳

忘却についての一般論

二十七年間にわたる泥沼の内戦下を独力で生き抜いた女性ルドをめぐる、奇想天外な物語。稀代のストーリーテラーとして知られる現代アンゴラ作家による傑作長篇。

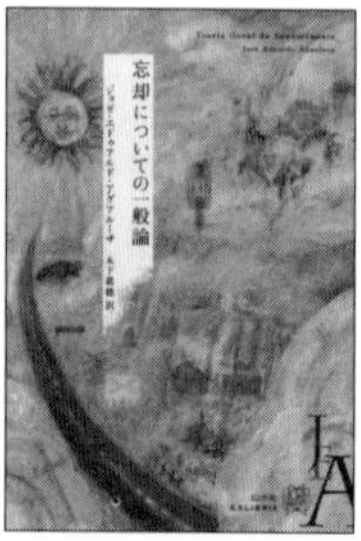